GOLDMANN

Buch

Die zwölfjährige Anuschka und der neunjährige Pjotr machen sich von Bilau in Polen aus auf den Weg, ihren Vater zu suchen, der vor Jahren in den Westen gegangen ist. Die Großmutter der Kinder, bei der sie seit dem Tod der Mutter gelebt haben, ist gestorben, und Anuschka und Pjotr befürchten, daß man sie in ein Waisenhaus stecken wird.

Alexandra Cordes beschreibt die Flucht und die Ankunft im »goldenen Westen«. Einfühlsam zeichnet sie ein lebendiges Porträt der Menschen im ersten Nachkriegsjahrzehnt – ein Bild der Menschen »drüben«, ihre Nöte, Sorgen und Hoffnungen, und ein Bild unserer Wohlstandsgesellschaft.

Autorin

Alexandra Cordes wurde 1935 in Bonn geboren, wo sie die Clara-Schumann-Schule besuchte und später ihre Dolmetscherprüfung in Englisch ablegte. Sie arbeitete als Journalistin für verschiedene Zeitschriften und schrieb 1958 ihr erstes Buch. Mit den Romanen, die sie seither veröffentlicht hat, ist sie eine der erfolgreichsten, meistgelesenen deutschen Autorinnen geworden. Seit einigen Jahren lebt sie mit ihrem Mann, dem Schriftsteller Michael Horbach, in Südfrankreich.

Alexandra Cordes

AM ENDE ALLER FLUCHT

ROMAN

Originalausgabe

GOLDMANN VERLAG

Außer dem vorliegenden Band sind von Alexandra Cordes als Goldmann-Taschenbücher erschienen:

Wilde Freunde. Die Abenteuer des Rick Hardt (3524) – Die Buschärztin. Roman (3645) – Haus der Träume. Roman (3703) – Das Kind des anderen. Roman (3830) – Der Engel mit den schwarzen Flügeln. Roman (3868) – Das Lied von Liebe und Tod. Roman (3898) – Ich will mit dir allein sein. Roman (3908) – Saat der Sünde. Roman (3936) – Gefährliche Liebe. Roman (3969) – Dunkle Nacht, heller Tag. Roman (6307) – Sehnsucht ist mehr als ein Traum. Roman (6336) – Nächte der Sehnsucht. Roman (6396) – Auf dem Weg in die Nacht. Roman (6433) – Des Lebens süße Seite. Roman (6469) – Das gläserne Glück. Roman (6504) – Liebe unter fremden Dächern. Roman (6534) – Spuren in der Wüste. Roman (6548) – Der Sehnsucht seltsame Wege. Roman (6542) – Hunde aus Porzellan. Roman (6730)
Die schönsten Weihnachtsgeschichten der Welt. Herausgegeben von Alexandra Cordes (3510)

Made in Germany · 1/85 · 1. Auflage · 1.–20. Tsd.

Lizenzausgabe mit Genehmigung des Schneekluth Verlages
Umschlagentwurf: Design Team München
unter Verwendung eines Dias von Zefa, Düsseldorf
Satz: Fotosatz Glücker, Würzburg
Druck: Elsnerdruck GmbH, Berlin
Verlagsnummer: 6768
Lektorat: Ria Schulte
Herstellung: Sebastian Strohmaier
ISBN 3-442-06768-5

I

Ein Kranz aus grünen Tannenzweigen hing über der Haustür, wie es von jeher Brauch war in Bilau, wenn jemand gestorben war. Rosen steckten darin aus Kreppapier, der Schneeregen hatte ihr Rot ausgewaschen.

Das Mädchen, das auf halbem Wege zwischen der Haustür und dem Gartentor stand, konnte den Kranz nicht mehr sehen, als der Mann das Licht im Haus ausschaltete und die Haustür abschloß.

Er kam schnell zu dem Mädchen herüber, das den kleinen Bruder fest an der Hand hielt.

»Alles in Ordnung«, sagte er leise, »kommt jetzt.«

Er nahm die andere Hand des Jungen, und sie verließen den Garten. Der Mann schloß auch das Gartentor ab.

»Steigt schon in den Wagen«, sagte er, »Pjotr, du auf den Rücksitz, und du, Anuschka, zu mir nach vorne. Wickelt euch gut in die Decken.«

Die Kinder gehorchten stumm.

Der Mann entfernte sich, war schon nach wenigen Schritten nicht mehr zu sehen. In Bilau gab es keine Straßenlaternen. Oft fiel auch der Strom aus in den Häusern, und die Menschen gingen früh zu Bett.

»Anuschka«, fragte der Junge vom Rücksitz her, »wann sind wir in die Heimat?«

»Morgen abend«, sagte sie.

»Ist die Heimat weit weg?«

»Ziemlich.«

»Fahren wir ganze Zeit im Auto?«

»Ja, Pjotr. – Hast du warm genug?«

»Mir ist heiß wie ein Brot aus Backofen«, sagte Pjotr.

Das Mädchen spürte, wie sich in ihrem Mund der Speichel sammelte.

Einmal in der Woche hatte ihre Großmutter zwei Laibe Brot in dem alten Steinofen im Hof gebacken. Immer waren die Laibe glänzend und braun und knusprig gewesen, wenn die Oma sie mit dem flachen breiten Holzschieber aus dem Ofen zog.

Ob es das auch in der Heimat geben würde?

»Anuschka, ich bin müde.«

»Dann schlaf.«

»Aber ich will nicht träumen.«

»Warum denn nicht?«

»Da sind immer die blöden Spinnen. So dicke schwarze Spinnen laufen immer meine Träume kaputt.«

»Soll ich dir eine Geschichte erzählen?«

»Nee. Sing mal das Lied von die Heimat.«

»In der Heimat, in der Heimat, da gibt's ein Wiedersehn«, sang Anne leise.

»Muß ich da auch in der Schule?«

»Natürlich.«

Peter fluchte auf polnisch.

»Sei doch brav«, sagte Anne, »Onkel Hannes hat uns extra erklärt, daß wir von jetzt ab nicht mehr polnisch sprechen dürfen.«

»Ich mache mir jetzt still«, sagte Peter und muckste sich nicht mehr.

Anne schaute auf die Straße, auf der es nichts zu sehen gab, außer dem Schneeregen, der nun schon seit Wochen anhielt, und den tief heruntergezogenen Dächern der Häuser, die wie Erdbuckel rechts und links der holperigen Straße lagen. Sie hörten einen Hund kläffen, dann machte Hannes neben ihr die Tür des Wagens auf, stieg ein und sagte mit einem Seufzer: »So, jetzt geht es los, Anuschka.«

Sie ließen Bilau hinter sich, sie fuhren über die Landstraße, noch ein paar Kilometer lang ohne Scheinwerferlicht.

»Flüchten wir?« fragte Anne. Es war ein gefürchtetes Wort in Bilau, niemand wagte es jemals laut zu sagen.

»Natürlich nicht«, sagte Hannes, »wir haben ordentliche Papiere. Ihr seid die Kinder meiner Schwester Anke. Ihr wart zu Besuch bei eurer Großmutter in Bilau. Nun ist die Oma tot, und ich bringe euch in die Heimat zurück. Der Ort heißt Ochsau, merk dir das gut, liegt nicht weit von der Zonengrenze. – Schläft er?« fragte er und deutete mit einer Kopfbewegung auf den kleinen Pjotr.

»Das hörst du doch«, sagte Anne. »Er schnarcht wie der olle Hund vom ollen Postboten Fenek.«

Endlich schaltete Hannes das Scheinwerferlicht ein. Die Straße schimmerte naß, rechts und links davon waren kleine Schneegebirge zwischen den Bäumen.

»Zündest du mir eine Zigarette an?« fragte Hannes. »Sie liegen vor dir im Handschuhfach.« Noch nie hatte Anne ihn rauchen sehen.

Sie fand die Zigaretten und die Streichhölzer daneben.

»Ziehen mußt du«, sagte Hannes, »nicht pusten.«

Schließlich brannte die Zigarette, und Anne gab sie ihm.

»Du bist alt genug, dich zu wundern«, sagte Hannes. Er hielt die Zigarette zwischen den Lippen, während er sprach. Sein Gesicht sah dadurch ganz anders aus, ein bißchen schief, verzerrt, so, wie wenn im Gemeindesaal der Film riß, aber für wenige Sekunden noch die Gesichter der Helden über die Leinwand huschten.

»Du bist beinahe zwölf«, sagte Hannes.

»Bin ich schon«, sagte sie. Über Omas Tod hatte man ihren Geburtstag vergessen. Sie selbst auch.

»Es wird Zeit, daß du in eine ordentliche Schule kommst. Du hast das Zeug dazu.«

»Nimmst du uns deswegen in die alte Heimat mit?«

»Ja, auch deswegen.«

»Was wird jetzt aus Omas Haus?« Anne hatte es sehr lieb gehabt. Sie hatte ja auch nie ein anderes in ihrem Leben gekannt.

»Eine Zeitlang wird es verschlossen bleiben«, sagte Hannes.

»Und dann?«

»Das kannst du dir doch denken. Wenn die in Bilau erst merken, daß ihr fort seid...«

»Du meinst –«, sie verstummte. Die Erinnerung war ganz schnell und scharf da, an das Haus der Witwe Bronsky. Eines Tages hatte man sie tot in ihrem Bett gefunden. Am Tag darauf hing der Kranz aus Tannenzweigen und Kreppapierblumen über ihrer Haustür. Einen Monat lang blieb das Haus verschlossen. Es trug sogar Siegel vom Notar an der Tür.

Und dann, an einem Morgen, da waren ein paar Fensterscheiben zerschlagen, und Peter und sie, auf dem Weg zur Schule, gesellten sich zu den vielen Leuten, die sich schon vor dem Haus zusammengefunden hatten und stumm starrten. Durch die zerbrochenen Fensterscheiben konnte man sehen, daß das Haus leergeräumt war. Selbst das Namensschild, aus Messing war es gewesen, das die Witwe Bronsky jeden Freitagmittag blankgeputzt hatte, war abgerissen worden.

Im Gemeindesaal gab es eine große Versammlung für alle Erwachsenen des Ortes. Die Diebe sollten ermittelt werden. Auch Annes Großmutter hatte hingehen müssen, obwohl sie da schon so schlimm unter Asthma litt. Als sie nach Hause zurückkam, brachte sie unter Zischen und Krächzen heraus: »Viel Gerede um nichts.«

Anne dachte an die schönen alten Möbel ihrer Großmutter, wackelig waren ein paar Stühle, zugegeben, aber immer blankgewienert, hundertmal geflickt waren die Laken und die Tischtücher, aber immer schneeweiß.

»Und das schöne Silber –«

»Ist in meinem Koffer«, sagte Hannes ruhig.

Sie sah ihn an. »Hast du's für dich genommen?«

»Für euch. Es ist echtes Silber. Drüben wird es eine Menge Geld bringen.«

»Warum für uns? Du bringst uns doch zu unserem Vater nach Köln, oder nicht?«

»Natürlich.«

»Du hast mir gesagt, er hat dir geschrieben, daß du uns bringen sollst und daß er auch für dich Arbeit hat in Köln, und daß du und wir uns keine Sorgen zu machen brauchen.«

»Ja, Anne«, sagte Hannes. »So ist es.«

»Warum willst du dann das Silber verkaufen? Warum können wir es nicht behalten? Es ist doch mit unserem Monogramm.«

»Na ja, dann behalten wir es eben.«

Er drückte die Zigarette im Ascher neben dem Lenkrad aus.

»Hat Vater dir wirklich geschrieben?« fragte Anne.

»Ja.«

»Wir haben seit November keinen Brief mehr bekommen. Jetzt ist Februar.«

»Manche Briefe kommen an, andere eben nicht.«

»Das ist wahr. Aber noch im letzten Jahr ist sein Weihnachtspaket angekommen, und es hat nichts daraus gefehlt.«

»Anne, über alle diese Sachen können wir reden, wenn wir erst mal im Westen sind. Aber jetzt, heute, morgen, da dürft ihr keine Fragen stellen und vor allem nur sagen, was ich euch eingetrichtert habe: Ihr seid die Kinder meiner Schwester Anke. Ihr wart zu Besuch bei eurer Großmutter in Polen – nun ist die Oma tot , und ich bringe euch in die Heimat zurück. Aber die Heimat ist jetzt noch nicht Köln, sondern Ochsau in der Volksrepublik. Wenn Polizei uns anhält, wenn wir Papiere vorzeigen müssen, dann verhaltet euch still. Am besten tut ihr so, als ob ihr schlaft.«

Hannes Maurer war in diesem Jahr siebenunddreißig Jahre alt geworden. Die Kinder, die bei ihm im Wagen saßen, waren die Kinder seines Freundes Werner Hartmann, der nach dem Tod seiner Frau vor sechs Jahren zurück in den Westen geflüchtet war, woher sie beide eigentlich stammten.

Als junge Burschen, beide in Köln aufgewachsen, waren sie gemeinsam zum Arbeitsdienst nach Bilau in Polen gekommen, danach eingezogen worden, als Schütze Arsch, wie Hannes damals noch lachend sagte, und später nicht mehr lachend, denn es war ihnen gerade noch gelungen, in Bilau ihre Uniformklamotten auszuziehen und bei der Großmutter der Kinder unterzuschlüpfen. Die Leute in Bilau hielten dicht. Als die große Befreiung kam, waren Hannes Maurer und Werner Hartmann plötzlich Polen mit deutschen Namen, von denen es gar nicht wenige gab. Und Werner konnte seine Eva heiraten, die Mutter dieser Kinder.

Nun gab es plötzlich Ertragspläne und Zielpläne und wie das alles hieß, und da kamen den Bilauern diese beiden jungen Männer sehr gelegen, die nicht nur ausgzeichnet den neuen Traktor fahren, sondern ihn auch reparieren konnten, manchmal nur mit einem Stück Draht oder einem Nagel.

Vor sechs Jahren war Eva plötzlich gestorben. Erst hatte es wie eine einfache Zahnentzündung ausgesehen, dann war es immer schlimmer und schlimmer geworden. Penicillin kannten sie in Bilau nur als ein Wort aus dem dekadenten Amerika, mit dem dort Geschlechtskrankheiten bekämpft wurden. Eva wollte trotz Fieber und Schwäche ihr verdammtes Planziel erfüllen, und eines Tages stürzte sie mit zwei gefüllten Milchkannen die Treppe in den Keller hinunter – einen anderen Kühlraum für die Milch besaßen sie nicht. Als man Eva fand, war sie tot, sie hatte sich das Genick gebrochen.

Werner drehte danach durch. Er besoff sich an dem schweren Kartoffelschnaps, den Fenek braute, und wenn Hannes ihn nicht k.o. geschlagen hätte, wäre wohl das kleine Haus, mitsamt der Kinder und der Großmutter, in Flammen aufgegangen.

Hannes hielt Werner vier Tage unter Verschluß in seiner Bude beim Brenck Anton, einem Bauern, der Hannes besonders gefiel, weil er mit allem und jedem zurechtkam und ihm einmal lächelnd gesagt hatte: »Wenn Sie haben soviel erlebt wie ich, Herr Maurer, dann ist es Ihnen ganz egal, was noch kommt, und sehen Sie, dann kommt gar nichts mehr, dann hat man seine Ruhe.«

Die beiden Freunde aus Köln hatten auch schon eine ganze Menge in ihren jungen Jahren erlebt, aber Werner fand nach Evas Tod einfach keine Ruhe mehr.

Er wurde grob zur Großmutter, die Kinder wollte er so wenig wie möglich sehen. Brenck warnte Hannes: »Er redet sich noch um Kopf und Kragen, wenn er so weitermacht. Sie müssen dafür sorgen, daß er Bilau verläßt.«

Und Hannes redete und redete mit Werner, bis der bereit war, zurück nach Köln zu gehen. »Junge, um Köln herum und im Ruhrgebiet, da gibt es doch jede Menge Arbeit, da findest du bestimmt leicht was, und wenn du erst mal Fuß gefaßt hast, dann läßt du die Kinder nachkommen.«

»Ja, wenn ich erst mal Fuß gefaßt habe«, sagte Werner.

Brenck half, Papiere zu besorgen. Und Werner fuhr ganz legal nach Ost-Berlin, und von dort floh er nach West-Berlin.

Drei Monate warteten alle gespannt auf eine Nachricht von ihm. Und dann kam sie aus Köln. »Der Dom steht noch, und das Kölsch fließt immer noch den Rhein entlang. Gruß Werner.«

Entschlüsselt hieß das: Ich bin gut angekommen, habe Arbeit gefunden, lasse bald wieder von mir hören.

Und das tat er auch, das mußte man ihm lassen. Regelmäßig schrieb er, und regelmäßig schickte er Pakete. Bis zum letzten November. Denn auch Hannes hatte seit November nichts mehr von ihm gehört.

Die Grenzkontrolle in der Morgendämmerung war lasch. Die Beamten betrachteten Maurers Papiere, die in Decken gehüllten schlafenden Kinder.

Einer sagte: »Passen Sie auf, es ist Glatteis gemeldet.«

»Danke«, sagte Hannes. »Ich werde gut aufpassen.«
»Gute Fahrt.«
Und das war's fürs erste.
Der Tag zog grau und verhangen herauf, die Kinder wurden wach.
Peter richtete sich auf, schaute sich neugierig um. »Sind wir schon in die neue Heimat?« fragte er.
»Bald«, versprach Hannes.
»Darf ich jetzt nur noch deutsch reden?«
»Ja, bitte«, sagte Hannes.
»Und die Anuschka?«
»Die Anne wird jetzt auch nur noch deutsch reden.«
Hannes zog den Wagen in einen Feldweg. »Ich füll' den Tank auf«, sagte er und machte sich am Kofferraum zu schaffen, in den der Brenck Anton ihm zwei Kanister mit Benzin reingepackt hatte.

Von Brenck stammten auch die Papiere für die Kinder und für ihn, und Hannes fragte sich, wie vielen Menschen Brenck wohl schon geholfen hatte – während des Krieges und danach.
»Der Schweinestall ist sauber«, hatte Brenck gesagt, »und außerdem grunzen die Viecher so laut, da kann uns niemand belauschen. Also, paß auf. Die Kinder haben hier keine Zukunft, und auch du nicht, Hannes. Jetzt, wo die Großmutter tot ist, hält euch doch hier nichts mehr, aber der Werner kann euch weiterhelfen. Außerdem gehören die Kinder zu ihm, sind ja schließlich seine. Ich besorg' dir die Papiere und auch Ostgeld. Aber das Haus wird es kosten. Ist nicht mein Preis, ist der, den die dafür machen.« Wer *die* waren, erfuhr Hannes nie, und er fragte auch nicht danach. Er war froh, als er die Papiere bekam und das Geld. Er wußte, wenn es für die Kinder überhaupt eine Chance gab, dann bei ihrem Vater, denn allein in Bilau hätten sie nicht bleiben können; Endstation wäre ein Waisenhaus gewesen.

Anne hatte inzwischen auf der Kühlerhaube ein rotweißgewürfeltes Tuch ausgebreitet und darauf die Butterbrote gelegt und die Thermoskanne mit dem Kamillentee gestellt. Der Tee war noch warm und die Butterbrote noch nicht trocken, obwohl Anne sie nur in ein Tuch hatte schlagen können.

Peter hopste um den Wagen herum und sah Hannes beim Einfüllen des Benzins zu. »Das Auto hat gefurzt«, rief er triumphierend, als die Luftblase aus dem Tank entwich.

Sie lachten alle drei.

Hannes schraubte den Kanister zu und legte ihn in den Wagen zurück. Er wischte sich die Hände am schneenassen Gras ab, und dann frühstückten sie.

Anne hatte in das Schmalz für die Brote Pfeffer, Salz und Kümmel geknetet, wie sie es oft die Großmutter hatte tun sehen.

»Schmeckt prima«, lobte Hannes.

»In die Heimat ess' ich sofort ein Pissbürger«, sagte Peter.

»Was?«

»Das sieht aus wie ein Kopf mit Hut.«

»Er meint einen Pitsburger«, sagte Anne und lachte. »Da war so eine Abbildung in der Zeitung. Es ist eine Frikadelle zwischen einem runden weißen Brötchen.«

»Aber dick wie mein Kopf«, sagte Peter.

Sie beide schauten den knapp neunjährigen Jungen an, der Mann und das Mädchen, wie er dastand auf seinen kräftigen Beinen, er war nie rund gewesen wie andere Kinder, aber immer kräftig, und unter seiner Pelzmütze verbarg sich dichtes schwarzes Haar, das mindestens einmal im Monat geschnitten werden mußte. Das schwarze Haar war ein Erbteil seiner Mutter, die kräftige Gestalt und die blauen Augen das Erbteil seines Vaters.

»Komisch«, sagte Hannes.

»Was?«

»Ach nichts.«

Anne sah zu ihm auf. »Du hast es auch gedacht«, sagte

sie schnell auf deutsch. »Er sieht schon wie ein kleiner Mann aus.«

»Ja.«

Peter biß mit seinen kräftigen weißen Zähnen, die nie eine Zahnspange gebraucht hatten, in sein Schmalzbrot. »Ich bin ja auch ein Mann«, sagte er mampfend, »ich kann schon pinkeln gegen Wind.«

»Peter!«

»Was ist? Hab' ich gesehen vor die Wirtschaft. Wenn die Arbeiter rauskommen, stellen sich an Mauer und pinkeln gegen Wind.«

»Peter, so was erzählt man nicht, auch wenn du es gesehen hast.«

»Warum nicht?«

Anne sah ein bißchen hilflos zu Hannes auf.

»Laß ihn nur«, sagte Hannes. »Peter, wenn wir erst mal in der Heimat sind, kannst du sagen, was du willst. Alles, das verspreche ich dir. Aber bis dahin hältst du lieber deinen Mund, vor allem bei fremden Menschen. Klar?«

»Klar«, sagte Peter. »Rede kein Wörterchen, mache Augen zu, schnarche.« Er ließ sich neben dem Wagen auf den Straßenrand fallen und demonstrierte ihnen glaubhaft, wie er sich verhalten würde.

Hannes und Anne lachten, aber hätte jemand darauf gelauscht, so hätte es wohl ein bißchen gequält geklungen.

Da war dieser kleine Kerl und lernte schon, sich zu verstellen und zu lügen. Noch war es für ihn ein Spaß. Aber wäre es nicht schöner gewesen und normaler vor allem, wenn Kinder so etwas nie und niemals auf dieser Welt hätten lernen müssen?

Vielleicht war es das, warum Hannes Maurer nicht geheiratet hatte, obwohl es da ein Mädchen in Bilau gab, das er liebte und das ihn liebte, aber sie hatten nie miteinander geschlafen, weil er sagte: »Ich kann dich nicht bei mir behalten, eines Tages muß ich dahin, woher ich einmal gekommen bin.« Immer mit dem Wissen im Kopf, ich muß einmal wieder nach Hause. Sie arbeiteten beide auf demselben Gutshof, aus dem nach der Befreiung eine Gänsefarm gemacht worden war; die fettgestopften polnischen Gänse waren inzwischen wieder ein überall begehrter Leckerbissen geworden.

»Warum kannst du mich nicht dahin mitnehmen«, fragte Olga, wenn sie spazierengingen oder unten im Wäldchen vor Bilau auf einer Lichtung lagen und dem Sommermond zusahen.

»Alles wäre fremd für dich.«

»Wie fremd?«

»Du könntest die Sprache nicht.«

»Du könntest sie mich lehren. Du hast doch auch polnisch gelernt.«

»Es wäre – ich weiß nicht, ich würde es dir nicht zumuten.«

Sie drückte ihre Stirn gegen seinen Arm.

»Ich hab' mir eine Zeitschrift gekauft. Sie war sehr teuer. Sie heißt ›Film und Frau‹. Sind alle Frauen so schön in deiner Heimat?«

»Ich weiß es nicht«, sagte er. »Als ich fortging, da kannte ich nur meine Schwestern. Die waren nicht schön. Die hatten zu lange dünne Beine und zu lange dünne Zöpfe.«

»War ich – bin ich schöner als deine Schwestern?«

»O ja«, sagte er und streichelte ihr weiches, kornfarbenes Haar.

»Dann nimm mich doch. Und nimm mich mit.«

»Ich will es mir überlegen«, sagte er, »ganz bestimmt, ich überlege es mir.«

Aber einen Monat später wurde in der Gemeindehalle bekanntgegeben, daß die Hochzeit von Olga bevorstände. Sie sah Hannes von der anderen Seite des Saales herüber an. Ihre Augen waren weit und ausdruckslos. Sie heiratete den Funktionär, der die Gänsefarm zur Höchstform gebracht hatte. Nun würde sie ein Auto haben und einen echten Fuchspelzmantel im Winter und Stiefel, die immer noch handgefertigt wurden, und würde in dem alten Gutshaus wohnen, das der Funktionär sich so hergerichtet hatte, wie es eben nur Funktionäre konnten.

Und Hannes senkte die Augen und dachte, sie tut recht daran. Sie gehört hierher. Noch ist sie jung und schön. Sie tut recht daran.

Danach fuhr er manchmal in die nahe Kreisstadt und fand ein Mädchen in einer Kneipe, das ihn zu sich mitnahm. Das war alles. Und er blieb in Bilau, weil da wenigstens Werner war, und weil er nicht wußte, was ihn in Köln erwarten würde.

Es war nicht Angst, die ihn vor einer Rückkehr abhielt, sondern eher das Gefühl, jemand zu sein, der wie ein Seiltänzer sich mitten auf dem Seil befand, das einmal im Jahr zum Dorffest vom Dorfplatz bis zur Spitze der Kirche gespannt wurde.

Sie kamen den ganzen Tag über gut vorwärts, auf vielen Umwegen, wie Brenck ihm geraten hatte, und niemals wurden sie von einer Polizeistreife angehalten, obwohl sie nicht wenige davon sahen.

Einmal hielt Hannes an, und sie aßen in einem Gasthaus, das mitten in einer sehr belebten Straße Ostberlins lag.

Er bestellte mit Absicht ein Gericht, das den Kindern nicht fremd war, Linsensuppe mit Speck, und die Kinder aßen brav und still, und sie fielen niemandem auf. Er trank einen Kaffee und wünschte, er hätte das Milchpulver nicht hineingerührt.

In einem Laden nebenan gab es Schokolade, und Hannes kaufte sechs Tafeln, denn es lag immer noch eine Strecke Weges vor ihnen, und er wußte nicht, wann sie wieder ohne Gefahr würden anhalten können.

Peter verspeiste vier der Tafeln Schokolade mit solch sichtlichem Vergnügen, daß Hannes einfach nicht das Herz hatte, ihn daran zu hindern.

Inzwischen war die Grenze nicht mehr weit.

Es wurde früh dunkel, und mit einemmal wurden die Straßen schlechter und schlechter. Hannes hielt an und versuchte, sich anhand der alten Straßenkarte, die ihm Brenck gegeben hatte, zu orientieren, aber es gelang ihm nicht.

Hannes fuhr langsam und unsicher weiter. Peter hatte es sich wieder auf dem Rücksitz bequem gemacht, aber Anne saß hellwach neben Hannes.

»Haben wir uns verfahren?« fragte sie nach einer Weile leise.

»Glaube ich nicht.«

Schnee begann zu fallen, erschwerte die Sicht.

Die Scheibenwischer ruckten plötzlich, hielten an, im Nu war die Windschutzscheibe mit dichtem Schnee bedeckt.

»Bleib im Wagen«, sagte Hannes, »ich richte das schon.« Aber einer der Züge der Wischer war gerissen, und das blockierte den anderen. Da gab es nichts zu reparieren.

Hannes stieg in den Wagen zurück. Er schaltete die Scheinwerfer aus. Lange Zeit saß er ruhig da und wußte Anne neben sich wach. Er mußte zu einem Entschluß kommen.

»Hör zu«, sagte er schließlich. »Wir haben zwei Möglichkeiten. Die erste: Wir bleiben im Wagen und warten den Morgen ab und hoffen, daß jemand vorbeikommt, der uns abschleppen kann. Aber damit könnten wir uns verraten. Ich meine, wir sind ja sozusagen auf direkter Fahrt in den Westen.«

»Und die zweite Möglichkeit?« fragte Anne.

»Wir packen unsere Rucksäcke und machen uns zu Fuß weiter auf den Weg.«

»Du willst dein Auto einfach so stehenlassen?« Anne wußte, wie stolz Hannes darauf war; es war, wie er ihr einmal erklärt hatte, schon vierundzwanzig Jahre alt, aber es lief noch wie ein Döppchen.

»Willst du eine Zigarette?« fragte Anne.

»Ja, bitte.«

Als sie das Streichholz anriß, sah sie, daß Hannes' Augen feucht waren.

»Sollen wir nicht doch lieber bis zum Morgengrauen warten? Vielleicht kommt jemand und hilft uns.«

Er konnte ihr nicht sagen, daß Brenck für ihre Flucht in den Westen ein Stück Grenze ausgesucht hatte, dessen Hinterland besonders dünn besiedelt war. Und sie würden womöglich eher einer Vopo-Streife auffallen als einem Bauern. Bei diesem Wetter würde kaum einer auf seine winterkahlen Äcker fahren, höchstens zu einer Rübenmiete.

»Weißt du, Anne«, sagte er, »der Wagen hat ja keine Heizung. Wenn wir hier drinnen hocken bleiben – wer weiß, wie kalt es noch in der Nacht wird. Wenn wir aber laufen, ich meine natürlich gehen, dann wird uns ganz von alleine warm.«

»Aber Peter«, sagte sie leise, »hält er das durch?«

»Mit vier Tafeln Schokolade im Bauch?« Hannes lachte leise. »Und von den letzten kriegt er auch noch seinen guten Teil.«

»Dann laß uns die Rucksäcke packen«, sagte Anne.

Sie stiegen aus. Brenck hatte Hannes auch eine gute Taschenlampe mitgegeben, Anne hielt sie, während Hannes aus ihren Pappkoffern das Nötigste in die Rucksäcke packte. Er nahm noch den kleinen Koffer heraus, in dem sich unter altem Zeitungspapier das Silber befand.

Als sie Peter schließlich weckten, maulte der: »Laßt mir doch schlafen.«

»Wir spielen Räuber und Gendarm«, sagte Hannes. »Na, wie findest du das? Und dazu mitten in der Nacht?«

»Da kann ich dir ja überhaupt nicht sehen.«

»Aber essen kannste was«, sagte Hannes und gab dem Jungen die letzte Tafel Schokolade.

Dann hob er ihm den kleinen Rucksack auf den Rücken.

Hannes warf den Schlüssel des Wagens mit einer weit ausholenden Armbewegung fort.

In diesem Moment rissen die Wolken auf, und sie sahen beinahe direkt vor sich einen Wachturm. Sahen aber auch zu ihrer Rechten einen Wald.

»Los, da rüber«, sagte Hannes und nahm Peter bei der Hand, in der anderen trug er den kleinen Koffer mit dem Silber. Anne hielt sich dicht neben Peter.

Sie begriff, wie nahe der Grenze sie waren. Und was geschah, wenn von dem Wachturm plötzlich ein Scheinwerfer das Gelände überstreifte?

»Wenn wir plötzlich Licht sehen, helles Licht, dann werfen wir uns sofort hin«, sagte Hannes.

»Hast du verstanden, Peter?« fragte Anne.

»Bin ich denn doof?«

»Nein. Natürlich nicht.«

Sie erreichten den Wald ohne Zwischenfall.

In einer Mulde zwischen einem Reisighaufen und einem Erdwall fanden sie Schutz. Hier war es windstill, und die dichtstehenden Tannen fingen den Schnee auf.

Hannes wickelte Peter und Anne in die beiden Decken, die er aus dem Wagen mitgenommen hatte.

»Warum versuchen wir nicht, jetzt schon über die Grenze zu gehen?« fragte Anne.

»Nachts sind sie besonders wachsam.«

»Aber wenn es hell wird –«

»Dann kommt Wachablösung. Dann haben die genug mit sich selbst zu tun. Dann ist der richtige Moment.«

Aber als die Nacht zu Ende ging, fing Peter an zu weinen. Er hatte Hunger. »Hört doch bloß, wie mein Magen knurrt.«

Hannes, der immer wieder im Schutz des Waldrandes den Wachturm beobachtet hatte, bemerkte einen einzeln stehenden Bauernhof und weiter östlich davon, vor der Sonne, die in den grauen Schneewolken kaum zu sehen war, ein Dorf.

2

Anne trat vorsichtig aus dem Waldschatten auf ein mit dünnem Schnee bedecktes Feld hinaus. Vor ihr lag ein Weg, dessen flachgewalzter Lehm an vielen Stellen vom Frost überzogen war. Ein Hund bellte. Der Weg führte genau in die Richtung, aus der das Kläffen kam.

Dort erkannte Anne jetzt auch das Haus. Es lag halb versteckt hinter einem kleinen Hügel, ein langgestreckter Bau mit tief heruntergezogenem Schieferdach. Ein verfallener Zaun umsäumte das Anwesen. Die morschen Holzlatten knarrten im Wind, der flach über die Erde strich.

Anne blieb stehen, sah sich um. In der Nacht hatte es aufgehört zu schneien, und es war wärmer geworden. Felder, Erdbuckel mit grauverharschten Schneekappen, weit hinten glitzerte braunes Wintergras weiß vom Reif in den ersten Strahlen der roten Wintersonne, die Wolken und Dunst durchdrangen.

Sonst nichts. Nur das einsame Haus, und das Bellen des Hundes, das jetzt wütend und heiser zu ihr herüberdrang.

Wohl war ihr nicht zumute in dieser verlassenen, öden Umgebung, aber sie mußte etwas zu essen beschaffen, für Peter. Sie hielt den Geldschein fest in der Hand, den Hannes ihr gegeben hatte. Entschlossen lief sie weiter.

Sie erreichte den Zaun. Sie stieß die Gattertür auf, die knirschend über den festgefrorenen Boden ratschte.

Da schoß rechts von ihr der Hund hervor. Er kläffte sie wild an und zerrte mit gesträubtem grauen Nackenfell an seiner Kette. Anne wich langsam zurück.

»He da«, rief eine Männerstimme. »He, wer ist denn da?«

Die Tür des Hauses öffnete sich. Ein Mann trat heraus und blinzelte in das trübe Tageslicht.

»He du,« rief er wieder, »was willst du?« Seine Stimme ging unter in dem wilden Kläffen des Hundes.

Der Mann kam humpelnd näher. Er war ein alter Mann.

Sein Kopf war kahl, von runzeliger weißer Haut bedeckt. Über seinen Ohren standen graue Haarbüschel.

»Ich möchte ... Ich hätte gern ...«, stammelte Anne.

Der Mann blieb vor ihr stehen. Er reckte seinen Kopf vor, als könnte er dann besser sehen.

»Na – was gibt's?« fuhr er Anne an.

Der Hund bellte immer noch.

»Ruhig, Hektor!« rief der Mann. Er bückte sich und warf einen Stein nach ihm. Der Hund zog den Schwanz ein und kroch in seine Hütte.

Die Augen des Mannes glitten mißtrauisch und neugierig zugleich über Annes Gesicht, über ihre Fellmütze, die dicke wattierte Winterjacke und die Trainingshose, die am rechten Bein einen Riß hatte. Irgendwo auf dem Weg in den Wald war sie an den Dornen hängengeblieben.

Anne spürte seinen Blick. Sie zog langsam das Bein zurück und versteckte es hinter dem anderen.

»Wo kommst denn her?« fragte der Mann und kam auf sie zu. »Was – kannst du nicht sprechen? Bist du stumm?«

»Ich komme – ich komme aus dem Dorf«, preßte Anne hervor.

»Ach nee?« Der Kopf des alten Mannes wackelte ungläubig hin und her. »Was willst du denn hier, so am frühen Morgen?«

»Etwas zu essen!« stieß Anne hervor.

Die Augen des Mannes zogen sich zu Schlitzen zusammen. »So«, murmelte er, »was zu essen? Ja, dann komm mal mit – aber«, er hielt sie am Ärmel ihrer Jacke fest, »hast du auch Geld?«

»Ja.« Anne nickte. »Was, was kostet denn ein Brot – und ein bißchen Milch«, fragte sie dann schnell, hatte plötzlich Angst, nicht genug Geld zu haben.

»Was soll ein Brot schon kosten!«

»Drei Mark?« fragte Anne unsicher.

Der faltige Mund des Alten verzog sich in lautlosem Lachen. »Drei Mark«, sagte er dann, »hat man so was schon gehört! – Na, dann komm mal.« Er ging voran, Anne folgte ihm zögernd.

Vor dem Haus blieb sie stehen.

»Na, geh schon hinein.« Der Mann stieß die Haustür auf. Schaler alter Kochdunst schlug heraus.

»Kann ich nicht hier warten?« bat Anne.

»Es ist zu kalt draußen, siehst auch ganz verfroren aus.« Der alte Mann streckte die Hand aus, tätschelte ihre Wange. »Ei, bist ja ganz kalt.«

»Bitte, ich möchte trotzdem hier warten.« Anne trat einen Schritt zurück.

Sie wollte sich schon umdrehen und davonlaufen, in plötzlicher, instinktiver Angst, aber da brummte der Mann: »Na gut, warte...«

Anne hielt ihm die Feldflasche hin. »Für die Milch!«

Er schaute sie skeptisch an. »Da geht aber nicht viel rein. Ich hab' noch 'ne alte Kanne. Geb' ich dir mit. Kannst sie ja zurückbringen, was?« Er verzog wieder den Mund zu diesem lautlosen Lachen.

Der Mann verschwand im Haus, kam nach einigen Minuten zurück, ein Stück Brot und eine abgestoßene Emailkanne, in der Milch schwappte, in der Hand.

Anne hielt ihm das Geld hin.

Aber der Alte schüttelte den Kopf. Sein Gesicht kam dem ihren ganz nahe. »Komm lieber wieder zurück. Bringst mir die Kanne wieder, ja? Hab' gern so feinen Besuch wie dich.« Seine Hand strich über ihre Hand, als er ihr die Kanne und das Brot gab. Anne zuckte zurück. Sie wandte sich um und lief davon. »Danke«, rief sie noch, aber sie rannte, so schnell sie konnte.

»War das wieder ein Kusinchen?«

Der Mann fuhr herum. Sein Kopf ruckte wütend vor. »Was schert's dich?« fuhr er die Frau an, die da in ausgeblichener Strickjacke über grobem Rock in der Tür stand, mit roten, unausgeschlafenen Augen.

Die Mundwinkel der Frau zogen sich herunter. »Man sollte glauben, Sie kämen endlich aus den Jahren«, sagte sie verächtlich. Sie wandte sich um und stampfte mit schweren, klobigen Schritten in den Hausflur zurück.

Der alte Mann schüttelte hinter ihr die Faust. Dann humpelte er zu den altersschiefen Ställen, in denen die Schafe blökten.

Kaum fünf Minuten später fuhr klingelnd ein Rad in den Hof, hielt ratschend vor dem Haus. Der junge Mann, der es lenkte, sprang ab, lief zur Haustür, zog die altmodische Klingel.

Die Frau mit den roten Augen öffnete. »Ach, du bist's, Johann. Willst wohl die Eier holen?«

»Ja, so ist es«, sagte der Junge. »Heute hab' ich Dienst.«

»Ist wohl kein Vergnügen bei dem Wetter, wo's so kalt ist...« Die Frau rieb ihre roten Hände.

»Pflicht ist immer ein Vergnügen«, sagte der Junge streng.

Die Frau antwortete nicht. Sie ging dem jungen Mann voran in die dämmrige Wohnstube, wo der Herd rotglühend bullerte. Sie hob den Korb mit den Eiern vom Schrank. »Vierzig sind's heute«, sagte sie.

Der Junge zählte die Eier gewissenhaft nach. Die schmalen Lippen in seinem Gesicht bewegten sich lautlos dabei.

»Heut morgen ist hier was Komisches gewesen«, sagte die Frau. Ihr Blick glitt schnell über den Jungen.

»So?« fragte Johann.

»Eben, vor 'n paar Minuten, war ein Mädchen hier, in zerrissenem Zeug. Ein Kusinchen war's nicht.«

Der Junge zuckte mit den Schultern. »Was denn sonst?«

»Vielleicht ein Flüchtlingskind, 'ne Republikflüchtige?« sagte die Frau lauernd.

»Was!« Das Gesicht des jungen Mannes wurde mager vor Härte. »Das sagen Sie erst jetzt?«

»Auf den Wald zu ist sie gelaufen. Wenn dich beeilst, kriegst sie noch ein«, sagte die Frau.

Der Junge war schneller draußen, als sie sich's versah. »Ich hol' die Eier später ab«, rief er noch, dann saß er auf seinem Rad und sauste davon.

Die Frau sah ihm mit einem undeutbaren Ausdruck ihrer rotgeränderten Augen nach. Dann trat sie ins Haus zurück und schlug die Tür hinter sich zu.

Johann war noch nicht weit gefahren, als er vor sich eine kleine vorwärtshastende Gestalt erblickte. Das mußte das Mädchen sein. Er erkannte eine Pelzmütze, eine halblange, wattierte Jacke, darunter weite, dunkle Hosen.

Er radelte schneller, kam bis auf fünf Meter heran. Er schwang sich vom Rad, lief lautlos weiter. Er holte das Mädchen ein, packte seinen Arm, riß es herum.

»He, was machst du...« Weiter kam er nicht.

Für den Bruchteil einer Sekunde gelähmtes Entsetzen, dann riß Anne die Milchkanne hoch, schlug zu, traf den Jungen am Kopf.

Milch troff von seinem Gesicht. Der Junge taumelte. Sein Mund klappte auf. Seine Hand, die Anne gepackt hielt, ließ los, fuhr zu den Augen hoch.

Anne sprang zurück, sah nicht, wohin sie trat, stolperte und fiel hin. Der junge Mann war über ihr. Er zerrte sie hoch. »Du gemeines Stück!«

Anne schrie: »Hilfe, Hilfe, Hannes!« Sie wand sich in den Fäusten des Jungen, trat ihn gegen das Schienbein. Und dann plötzlich war seine Hand vor ihrem Gesicht, wollte zuschlagen. Anne biß zu. Der Junge heulte auf vor Schmerz.

Diesmal kam Anne davon. Sie rannte, hetzte über das freie Feld. Das Herz schlug ihr im Hals, dröhnte in ihrem Kopf, in ihren Beinen, aber sie lief weiter. Sie erreichte einen Hügel vor dem Wald. Der Junge lief noch immer hinter ihr her, aber sie war schneller. Sie war im Wald, kroch durch das Unterholz, rutschte auf Händen und Knien weiter. Dürre Äste knackten und brachen unter ihr. Sie fiel in ein Erdloch, blieb keuchend liegen.

Hinter ihr Stille. Sie war dem Jungen entkommen.

»Die schöne Milch«, schluchzte sie, »die gute Milch.«

So fanden Hannes und Peter sie kurze Zeit später.

Durch Annes Schreie aufgeschreckt, hatten sie ihr Versteck verlassen und waren ihr entgegengelaufen.

»Anuschka«, sagte Hannes, »Anuschka, wein doch nicht.« Er streichelte ihr kurzes braunes Haar.

»Warum weinst du denn, der blöde Kerl ist doch weg«, sagte Peter. Er wackelte verständnislos mit dem Kopf. »Hast doch was zu essen mitgebracht!«

Er griff mit seinen schmutzigen Kinderhänden an Annes Jacke, die sich über der Brust aufbauschte.

Anne nickte. Sie zog den Reißverschluß auf.

Peter griff eilig nach dem Brot, zerrte es hervor.

»Ich hab' aber auch Durst«, maulte er, während er sich mit beiden Händen vom weichen Inneren des Brotes in den Mund stopfte.

»Weißt du, wer der Bursche war?« fragte Hannes. Vom Waldrand aus hatte er den Jungen noch davonradeln sehen.

Anne schüttelte den Kopf. »Er war ganz plötzlich da. Er hielt mich fest. Ich – ich hab' ihm die Kanne Milch über den Kopf geschlagen – ich – ich habe ihn gebissen, und dann bin ich weggelaufen.«

»Die schöne Milch«, sagte Peter empört. Er hielt sogar mit Kauen inne.

»Halt deinen Mund«, sagte Hannes. »Verdammt noch mal, mußt du immer dazwischenquatschen?«

Peter zog beleidigt den Kopf ein.

»Kannst du gehen?« fragte Hannes und half Anne, sich aufzurichten.

Anne nickte.

»Wir müssen weiter«, sagte Hannes. »Wer weiß, wen der Junge jetzt alarmiert.«

»Und mein Rucksack?« fragte Peter. »Der ist noch im Wald. Da ist mein Auto drin!«

»Dazu haben wir jetzt keine Zeit. Kommt!«

»Aber –«, Peter verzog sein Gesicht, als wenn er weinen wollte, »ich will nicht immer –«

»In der Heimat kriegst du ein neues Auto. Das ist noch viel schöner«, sagte Anne. »Sei jetzt brav.«

»Ach, Quatsch!« Peter ließ den Kopf hängen. »Das sagt ihr nur so. Wir kommen ja gar nicht nach die Heimat. Und, und ich weiß auch gar nicht, warum ihr unbedingt nach die Heimat wollt! In Polen war es viel schöner. Jawohl!« Er streckte ihnen die Zunge heraus.

Hannes gab ihm ganz bewußt eine Maulschelle.

Die Wiese glitzerte stumpf im Reiflicht des frühen Abends. Dahinter war wieder ein Wald, schwarz, unbeweglich.

»Bist du sicher, daß hinter dem Wald endlich die Grenze ist?« flüsterte Anne.

Hannes nickte. »Siehst du? Da sind die Beobachtungstürme.«

Die schwarzen Rabenköpfe der Wachtürme waren deutlich gegen den Abendhimmel zu sehen.

»Jetzt ist es nicht mehr weit, nicht?« flüsterte Peter.

»Still!« zischte Hannes. Die Köpfe der Kinder fuhren herunter und preßten sich gegen die Erde.

Hannes richtete sich vorsichtig auf, lugte über den Rand der Bodenschwelle, hinter der sie lagen.

In der Richtung, aus der sie gekommen waren, sah er zwei Schatten, die sich schnell am Rande der Wiese entlangbewegten. Der Wind trug den Laut der Stimmen herüber. Eine Streife.

Sie lagen reglos, flach an die Erde geschmiegt. Sekunden, Minuten vergingen. Sie hörten nichts mehr.

Hannes hob wieder den Kopf. Nichts mehr zu sehen.

»Weiter«, flüsterte er.

Der Pfiff kam so überraschend, daß er den Kopf einzog. Er stieß mit dem Kinn auf einen Stein, seine Zähne schlugen aufeinander.

»Eine Lokomotive«, wisperte Peter, »oder, Hannes?«

»Natürlich!« flüsterte Hannes zurück. Das Pfeifen eines Zuges, nicht weit entfernt. Diesseits oder jenseits der Grenze. Im Westen oder im Osten.

Hannes richtete sich auf, faßte Peter bei der Hand.

»Los!«

Sie schlichen gebückt weiter. Anne hielt sich dicht hinter Hannes und dem Jungen.

Der Wald rückte näher. Noch fünfzig Meter, und sie waren in Sicherheit.

»Gib mir mal das Glas«, sagte der größere der beiden Männer in den dunklen Uniformen.

»Was gesehen?« fragte der andere. Er beugte sich vor und äugte in den Abend.

»Da unten, auf der Wiese –.« Der Große nahm den Feldstecher und hob ihn an die Augen.

Der andere zog seine Maschinenpistole von der Schulter. Das Riemengeschirr klirrte. »Was ist los?«

»Da sind welche!« Der Große kniete sich nieder, ohne das Fernglas von den Augen zu nehmen. »Runter!«

Der andere hockte sich schnell hin. »Vielleicht Wild?« fragte er.

»Red keinen Quatsch!« Der Große setzte das Glas ab. »Das sind welche. Republikflüchtige. Drei Stück.«

»Und – was tun wir?« fragte der andere. Seine Stimme klang heiser.

»Wir handeln nach Vorschrift«, sagte der Große, sein Zeigefinger legte sich an den Abzug der Maschinenpistole.

»Ich zähle bis drei, dann laufen wir los«, flüsterte Hannes. Die Kinder richteten sich lautlos auf. Hannes zählte bis drei. Sie sprangen auf, hetzten vor.

Zwanzig Meter vor dem Waldrand.

»Halt! Stehenbleiben!«

»Los! Weiter!« Hannes riß die Kinder mit sich.

»Halt. Stehenbleiben! Halt!«

Noch fünf Meter bis zum Wald.

Die Stille zerriß.

Das Knattern der Maschinenpistole nagelte sie einen Herzschlag lang fest. Hannes knickten die Beine weg, als sei er tatsächlich getroffen. Er fiel auf sein rechtes Knie. Der Schmerz des Sturzes schoß in sein Gehirn, zerplatzte dort – war vergessen.

»Peter!« schrie Hannes. »Peter!«

Er war wieder auf. Da huschte der Junge an ihm vorbei. Hannes griff nach ihm, riß ihn mit sich zu Boden.

Die Schüsse zerschnitten den Dunst über der Wiese, zerhackten das Unterholz.

Und dann jaulte etwas auf. Noch ehe er sie sah, wußte Hannes: Eine Leuchtkugel. In ihrem grüngelben Schein erstarrten Wiese und Wald, Büsche und Bäume zu einer gigantischen Momentaufnahme. Ohne Überlegung richtete Hannes sich auf – zum letzten Sprung.

Er spürte den harten Schlag gegen sein rechtes Bein, dann fiel er mit dem Kopf voran in das Gebüsch.

»Hannes, komm doch, los!« Peter zerrte an seinem Arm.

Anne warf sich keuchend neben ihn hin.

Hinter ihnen ratterte die Maschinenpistole.

»Weiter«, stieß Hannes hervor, »lauft weiter. Ich komme nach!«

Sekundenlang blieb der kleine Peter stehen, warf die Hände hilflos hoch. Dann sprang Anne auf, ohne ein Wort, faßte ihn am Arm und hetzte mit ihm weiter in den Wald hinein.

Hannes stemmte sich gegen einen Baum und richtete sich auf. Der Schmerz glitt mit scharfem Schnitt durch seinen Oberschenkel. Er schob sich vorwärts, schleppte sich den schmalen Pfad entlang.

Vor ihm war das Geräusch von knackenden, brechenden Zweigen unter den flüchtenden Schritten der Kinder, hinter ihm das Rattern der Maschinenpistole.

Und dann plötzlich Stille, lautlose Stille, die das, was vorher war, auszulöschen schien, als sei es nie gewesen. Hannes zog sich an den Ästen der Büsche weiter. Er knickte um, fiel hin. Sein Bein scheuerte über die Erde. Der Schmerz raste bis zur Hüfte hoch.

»Verdammt«, murmelte er. »Verdammt.«

Er blieb liegen und tastete das Bein ab. Das Blut lief warm und klebrig an seinem Oberschenkel herunter.

Das Magazin war leer. Der Große warf sich die Maschinenpistole über die Schulter. »Los«, rief er, »zur anderen Seite!«

Er lief vorwärts nach Norden, da, wo der Wald aufhörte und das Niemandsland begann.

Der andere Grenzpolizist folgte ihm. Er wußte, was jetzt geschehen würde. Sie hatten keine Hunde dabei. Im Wald lohnte es nicht, nach den Flüchtlingen zu suchen. Aber jenseits davon waren das umgepflügte Land, der Stacheldraht und die anderen Posten in ihren Beobachtungstürmen. Dort würden ihnen die Flüchtlinge nicht entkommen. Da nicht, wenn sie einmal aus dem Wald heraus waren. Das wußte er, das hatte er schon oft genug erlebt.

»Ich geh' nicht mehr weiter«, sagte Peter und ließ sich mitten auf den Waldweg fallen.

»Bist du verrückt?« Anne zerrte ihn hoch.

»Los! Komm!«

Aber der kleine Junge blieb stehen, die Füße fest auf den Boden gestemmt. »Ich hab's satt!«

»Pjotr!«

»Ach Quatsch! Ich bin müde, und ich hab' Hunger. – Und ich will gar nicht mehr nach die Heimat, damit du's weißt!« Er riß sich von ihrer Hand los.

Und da bekam er die zweite Ohrfeige an diesem Tag. Er öffnete den Mund, aber dann preßte er nur die Lippen fest zusammen.

Anne beugte sich nah zu ihm hinunter. »Peter, hast du vergessen, wohin wir wollen?«

Der Junge schüttelte den Kopf.

»Wir wollen zu Vater.«

»Ich will nicht zurück, und ich will nicht weitergehen. Ich bin müde.«

»Dann geh' ich allein.«

Sein Kopf fuhr hoch. »Nein, ich will nicht –«

Der kalkweiße Lichtstrahl, der über die Bäume fingerte, schnitt ihm das Wort ab. Er zuckte zusammen, stand da mit offenem Mund.

Scheinwerfer. In seinem Licht sahen sie, daß sie schon das Ende des Waldes erreicht hatten. Davor schimmerte flaches, braunes Land durch die Bäume.

Der umgepflügte Grenzstreifen. Und keine Spur von Hannes. Sie schlichen bis zu den letzten Bäumen.

»Hinlegen«, flüsterte Anne.

Der kalkige Lichtkegel des Scheinwerfers wanderte auf ihr Gebüsch zu. Anne preßte das Gesicht nach unten und stieß die Nase des Bruders ohne Warnung in die Erde.

Der Strahl huschte über sie hinweg und verlor sich im Dunkel. Sie richteten sich wieder auf und krochen weiter.

»Hannes«, rief Anne leise.

Sie lauschten, aber es kam keine Antwort.

»Soll ich mal pfeifen?« fragte Peter.

»Bist du verrückt?« Sie richtete sich halb auf. Die Angst, die sie in der Aufregung der letzten Stunde fast vergessen hatte, kroch wieder in ihr Herz.

»Wir müssen zurück«, sagte sie, »Onkel Hannes suchen.«

»Ich bin so müde«, murrte Peter, aber er ließ sich an die Hand nehmen und trottete mit ihr zurück in den Wald.

»Es gibt bestimmt noch Regen heute nacht«, sagte Kurt Novak auf dem Heimweg vom Dorfkrug.

»Wird schon stimmen«, antwortete der Bauer Köster. »Bist ja unser Häuptling hier. Und was du sagst, das geschieht ja immer.« Seiner Stimme war nicht anzuhören, ob es Spott war.

»Laß doch den Unfug«, knurrte Novak beleidigt.

Sie gingen schweigend weiter. Plötzlich blieb Novak stehen.

»Warum machst du dich immer lustig über mich?« fragte er. »Du kannst meinen Posten haben, wenn du willst!«

»Vielen Dank. Ich bin schließlich kein Parteigenosse.«

»Hast du was gegen die Partei?« Novaks Stimme war dick vor Zorn.

»Wir waren einmal Freunde«, sagte Köster langsam.

»Waren?«

Köster hob die Schultern. »Laß gut sein. Unsere Gespräche enden immer gleich. Sogar, wenn wir vom Wetter reden. Ich geh' zurück, und du gehst auch nach Haus. Es ist schon spät.«

Als sie sich die Hand gaben, hörten sie die Schüsse. Sie kamen von der Grenze.

»Komm«, sagte Novak. »Da ist was los!«

»Und?« fragte Köster.

»Vielleicht können wir helfen.«

»Wem?«

»Mach doch, was du willst«, schrie Novak und ging mit eiligen Schritten davon. Hinten, an der Wegbiegung, begann er zu laufen.

Köster sah ihm nach, bis die Nacht ihn verschluckt hatte.

Daß er ohnmächtig gewesen war, begriff Hannes erst nach einiger Zeit. Er tastete um sich, faßte in modriges Laub. Er brauchte Minuten, bis er wußte, wo er lag und warum er hier lag.

»Anuschka«, wollte er rufen. Es wurde nur ein Röcheln.

Der Schmerz im Bein war nicht so schlimm. Aber der Kopf dröhnte. Erst als die Zähne aufeinanderschlugen, merkte er, wie sehr er fror.

Aufstehen. Es ging nicht. Er fiel zurück. Gleich darauf

hörte er Schritte. Äste knackten. Tastendes Rascheln, immer wieder unterbrochen von langen Pausen der Stille. Dann sah er den tanzenden Strahl einer Taschenlampe an den nächsten Baumstämmen. Die Schritte wurden deutlicher.

Hannes hörte das Klicken, als die Taschenlampe ausgeknipst wurde. Der Fremde konnte höchstens acht oder zehn Schritte entfernt in der Dunkelheit lauern.

Und dann hörte Hannes leise, undeutliche Stimmen.

»Han-nes! Han-nes!« Das war Annes Stimme.

Der Fremde mit der Taschenlampe verhielt sich so still, als sei er gar nicht da.

Die Kinder kamen näher, direkt auf Hannes zu. Und auf den lauernden Fremden.

Und dann dröhnte eine Männerstimme: »Halt! Stehenbleiben! Oder ich schieße!« Und der Schein der Taschenlampe flackerte wieder auf.

Die Kinder schrien gleichzeitig. Und sofort danach rief Anne: »Bleib hier, Peter, bleib stehen!«

Der Fremde stürzte auf die Kinder zu.

»Au«, schrie der Junge.

»Lassen Sie ihn los!« bettelte das Mädchen.

»Mitkommen!« kommandierte der Fremde.

Die Schritte wurden leiser, die Stimmen schwächer. Und Hannes Hoffnung auf ein Wunder war nun endgültig vorüber. Er preßte sein Gesicht in das modrige Laub, um die Tränen auf seinen Wangen nicht zu spüren.

Sie erreichten ein freies Feld. Novak hatte recht behalten, es begann zu regnen.

»Nun mal los!« trieb er die Kinder an. »Ich will nach Haus.«

»Schneller geht's nicht«, sagte Anne.

»Ich bin müde«, maulte Peter. »Wo gehst du mit uns hin?«

»Abwarten, du Bürschchen. Wie heißt du eigentlich?«

»Ich heiße Peter.«

»Und du?«

»Anne.«

»Und wie heißt du?« fragte Peter.

»Novak.« Er begann zu lachen. »Kurt Novak.« Der kleine Bursche machte ihm Spaß.

»Wo wolltet ihr denn überhaupt hin?« fragte Novak.

»Nach die Heimat«, sagte Peter.

»Welche Heimat?« fragte Novak.

»Da, wo der Wein wächst und die Burgen sind, das hat der Papi erzählt. Und wo der Dom ist.«

»Ins Rheinland, was? Und das ganz allein?«

»Mit Hannes«, antwortete Peter.

»Wer ist denn das?«

»Unser Onkel«, sagte Anne.

»So – und wo ist der jetzt?«

Die Kinder schwiegen.

»Getürmt, was?« sagte Novak.

»Du hast ja keine Ahnung«, rief Peter. »Onkel Hannes ist ein prima Kerl. Der türmt nicht!«

»Und wo steckt er jetzt?« bohrte Novak weiter.

»Weiß ich nicht«, sagte Peter. »Der kommt schon und holt uns.«

»Wir gehen zuerst einmal zu mir nach Hause«, sagte Novak.

»Hast du da was zu essen? Ich habe Hunger.«

»Mal sehen«, sagte Novak. Er trieb die Kinder an, schneller zu gehen, denn aus den ersten dünnen Tropfen des Regens war jetzt ein eiskalter Guß geworden.

Vera Novak erwachte, als die Haustür aufgeschlossen wurde. Sie hörte das Quietschen der Türangel. Sie wollte sich schon auf die andere Seite drehen, um weiterzuschlafen, als sie merkte, daß ihr Mann nicht allein war.

»Auch das noch«, murmelte sie. Sie haßte Besuch. Vor allem jene Sorte von Besuch, der zu ihrem Mann kam, um stundenlang über Politik zu reden.

»Krieg' ich jetzt was zu essen?«

Das war eine Jungenstimme. Vera kannte jede Kinderstimme im Ort. Diese war fremd. Sie stand auf und zog den Morgenmantel über. Sie kämmte sich und ging hinunter.

Kurt Novak hatte die Kinder mit in den Raum genommen, der früher einmal das Wohnzimmer gewesen war. Seit einiger Zeit aber war es das »Büro«. Schreibtisch, Aktenschränke an den Wänden, ein kleiner runder Tisch mit vier Korbsesseln.

Als Vera hereinkam, zogen die Kinder gerade ihre wattierten Jacken aus und nahmen ihre Pelzmützen ab. Anne hängte die Sachen an den Kleiderhaken.

Kurt Novak saß hinter dem Schreibtisch in einem Drehstuhl und griff nach dem Telefon.

»Was ist hier los?« fragte Vera.

Novak legte den Hörer zurück auf die Gabel. Anne schwieg und machte einen Knicks. Peter ging auf Vera zu, sah sie aufmerksam an, streckte ihr dann seine rechte Hand entgegen und sagte: »Guten Abend, Tante.«

Sie sah auf den kleinen Kerl hinunter. Er stand breitbeinig vor ihr. Von seiner zerknitterten Trainingshose lief das Regenwasser über die derben kleinen Stiefel auf den Fußboden und sammelte sich in einer Pfütze.

Vera Novak schüttelte ihm die Hand. Sie knickte schon mit einem Bein ein, um sich zu ihm zu knien, dann sah sie auf ihren Mann und blieb aufrecht stehen.

»Wo kommst du denn her?« fragte sie Peter.

»Vom Wald«, sagte er wichtig.

»Republikflüchtige«, warf Kurt Novak ein. Aber seine Frau achtete gar nicht darauf.

»Und wo warst du vorher?« fragte sie den Jungen.

»In Bilau.«

Vera legte eine Hand auf das Haar des Jungen und sah zu dem Mädchen. Es ähnelte dem Bruder. Das Gesicht war schmaler, die Figur zarter. Ihr Haar war länger und etwas heller. Die Kleidung war fast die gleiche.

»Und da seid ihr –?«

»Nun aber Schluß!« unterbrach Novak die Frage seiner Frau. »Sie wollten illegal über die Grenze. Ich habe sie geschnappt. Ich werde Meldung machen.« Er griff wieder zum Telefon. »Man wird sie abholen und verhören.«

»Verhören! Kinder!« Sie nahm ihm den Telefonhörer aus der Hand und legte ihn auf die Gabel zurück.

»Wohin wolltet ihr?« fragte sie das Mädchen.

»Nach Köln. Zu unserem Vater.«

»Und eure Mutter?«

Anne schwieg.

»Die ist im Himmel«, sagte Peter.

»Wart ihr denn ganz allein in Bibau?«

»Bilau«, verbesserte Anne. »Bilau in Polen.« Und in einem Atemzug: »Wir wohnten bei unserer Oma. Als sie starb, kam Onkel Hannes, und der –«

Kurt Novak hieb auf seinen imposanten Schreibtisch. »Schluß, verdammt noch mal, Vera. Was gehen dich die Kinder an?« Er nahm noch einmal den Hörer auf und fing an, die Nummer zu wählen.

Vera drückte einfach die Gabel herunter. »Bitte – willst du den Kindern nicht erst mal was zu essen geben? Und willst du sie nicht erst mal ausschlafen lassen? Siehst du denn nicht, daß sie todmüde sind?«

Er sah unschlüssig von seiner Frau zu den Kindern.

»Die Tante hat ganz recht«, verkündete Peter. »Ich habe Hunger.« Und dann zu Vera: »Ich mag dich gern – du mich auch?«

»Aber Peter!« Anne zupfte ihren Bruder am Ärmel.

»Na schön«, sagte Novak. »Tu, was du willst, Vera. – Aber nachher mach' ich meine Meldung. Gesetz ist Gesetz.«

Kurt Novak machte keine Meldung. Er behielt auf Veras Drängen die Kinder drei Tage lang bei sich.

Dann hielt Vera es für sicher genug, daß er sie über die Grenze brächte. Das war beinahe leicht, wenn man sich genau auskannte. Und Novak kannte sich aus, denn hin und wieder wagte er den Weg nach Westen, um für Vera bei Verwandten die Medikamente zu besorgen, die sie wegen ihrer chronischen Migräne brauchte, und auch, um ihr ein Paar Nylonstrümpfe mitzubringen oder ein Paar Schuhe mit hohen Absätzen, die sie allerdings nur im Haus trug, niemals im Dorf, niemals auf den Dorffesten.

Er war Parteimitglied, das war er auch schon früher gewesen, wenn auch unter anderer Couleur; es gab ihm den Halt, den er innerlich brauchte.

Aber er war kein schlechter Kerl, nein, das war er nicht, und er hatte begriffen, daß die Kinder, aus Polen geflüchtet mit ihrem Onkel Hannes, zu ihrem Vater wollten.

Er brachte die Kinder über die Grenze und setzte sie in einen Zug. Er kannte den Kontrolleur, denn Novaks Vater war auch einmal bei der Bahn gewesen, als es die Grenze noch nicht gab, dafür die Züge von Tieffliegern beschossen wurden; sein Vater war bei einem solchen Angriff ums Leben gekommen.

»Haben die Kinder Papiere?« fragte der Kontrolleur.

»Für den Westen nicht. Ich habe nur die Adresse von unserem Vater in Köln«, sagte Anne.

Novak zog den Kontrolleur zur Seite, er gab ihm fünfzig Westmark, die Hälfte seiner eisernen Reserve.

»Du sorgst dafür, daß sie nach Köln kommen?«

»Kannst dich drauf verlassen. Sie müssen den Zug wechseln, aber da kann ich mich auch drum kümmern.«

»Du bist ein guter Freund«, sagte Novak. »Sind ja noch Kinder, arme Dinger. Haben nicht mehr, als sie auf dem Leibe tragen. Meine Frau hat ihnen noch ein paar ordentliche Butterbrote gemacht. Und die Kinder sagen ja, daß der Vater sie in Köln erwartet.«

»Hast keine Meldung gemacht?« flüsterte der Kontrolleur.

»Kein Sterbenswörtchen.«

Sie gaben sich fest die Hand, dann kehrten die beiden Männer zu den Kindern zurück.

»Na, denn mal los«, sagte Novak. »Und viel Spaß auf der Reise.«

»Wir danken auch schön«, sagte Anne.

Peter zupfte an Novaks Ärmel, der beugte sich herunter. Peter gab ihm einen Kuß. »Wenn du unseren Onkel Hannes findest, da kannst du ihm ja sagen, daß wir auf die Fahrt in die Heimat sind.«

Novak stand noch eine Weile und schaute dem Zug nach. Er hatte ein Brennen im Hals und hinter den Augen.

Die Kinder würden Vera fehlen. Und ihm auch. Am liebsten hätte er sie bei sich behalten. Aber er wußte, über kurz oder lang wäre es aufgefallen. Dann hätte man ihm die Kinder weggenommen, womöglich hätte die Partei ihm Schwierigkeiten gemacht, und er mußte doch an Vera denken, die so kränklich und empfindlich war.

Er verbrachte den Rest des Tages beim Stationsvorsteher im Westen und wurde mit Eierkuchen und einem saftigen Rinderbraten mit Grünkohl verwöhnt. Den Kaffee mit dikker Sahne genoß er besonders und die gute Zigarre hinterher. Schließlich kaufte er noch eine Schachtel Pralinen und Cremehütchen, die Vera so gern aß, und dann machte er sich auf den Heimweg.

Es ging alles glatt, er passierte die Grenze und war bei Dunkelheit wieder zu Hause.

Er sah, daß Vera geweint hatte, aber sie umarmte ihn und küßte ihn und sagte: »Bist ein guter Kerl, Kurt. Ich hab' dich immer noch so lieb wie am Anfang.«

Sie briet ihm vier Scheiben Speck, und er aß sie, obwohl er gar keinen Hunger hatte. Er trank auch das Glas Wodka hinterher, obwohl ihm heute gar nicht danach zumute war.

Auch Hannes fand Helfer.

Es waren die Brüder Köster, der eine östlich der Grenze, der andere westlich.

Beide waren Bauern. Einst hatte ihnen ein großer Hof

gehört, doch nach der Teilung des Landes bewirtschaftete jeder von ihnen nur noch ein kleines Gehöft.

Der Köster diesseits der Grenze hatte Hannes am Rande des Waldes gefunden, wo er verwundet worden war. Köster hatte die alte Rosa vor seinen Karren gespannt und war zum Wäldchen gefahren, ganz so, wie er es häufig tat, wenn er dort Reisig holte.

Unter dem Reisig versteckte er Hannes. Auf Erste Hilfe verstand Köster sich noch vom Krieg her, denn er war am Schluß bei einer Sanitätseinheit gelandet.

Er versorgte Hannes' Bein so gut es ging, ließ ihn den ganzen Tag lang schlafen, Kräfte sammeln, und dann brachte er ihn auf demselben Karren, diesmal unter alten Säcken versteckt, zu seinem Bruder jenseits der Grenze.

Es gab dabei einen Augenblick, da Hannes am ganzen Körper der kalte Schweiß ausbrach, denn Grenzer hielten sie an, aber sie scherzten nur mit Köster und baten, ihnen von drüben Zigaretten mitzubringen.

Er versprach es, und eine Stunde später befand sich Hannes wieder in einer Bauernstube, wohlgeheizt, vor einer dampfenden Tasse Kaffee, die der zweite Köster großzügig mit Schnaps und Zucker würzte. Hannes' Geschichte war schnell erzählt.

»Wir lassen den Dorfarzt kommen, der kann sich das Bein ansehen.«

»Es war ein glatter Durchschuß«, sagte der erste Köster, »und die Wunde sieht ordentlich aus.«

»Bist du sicher, daß niemand was gemerkt hat?« fragte der zweite Köster. »Sonst kannst du in schlimme Schwierigkeiten kommen.«

»Ich bin ganz sicher. Wir sind zwar angehalten worden, aber die wollten bloß Zigaretten von hier, wie immer.«

Der zweite Köster holte aus einem anderen Raum zwei Stangen westlicher Zigaretten.

»Nee, ich nehme nur eine mit«, sagte der erste Köster,

»sonst könnten die sich wundern, daß ich sie so verwöhne. – Sie können sich auf meinen Bruder verlassen«, sagte er noch zu Hannes, und dann machte er sich auf den Weg. Er wollte noch vor Dunkelwerden wieder zu Hause sein.

»Im Wald muß irgendwo noch ein kleiner Pappkoffer liegen«, sagte Hannes. »Wenn Sie ihn finden, behalten Sie, was drin ist. Zum Dank für alles.«

»Nur noch eines«, sagte der erste Köster zu seinem Bruder, »die beiden Kinder sind drüben geschappt worden. Aber du weißt ja, wie das ist, vielleicht kriegst du hier eher heraus, was mit denen passiert ist und wohin man sie gebracht hat.«

Das war Hannes' größte Sorge, die Kinder. Ohne Geld. Ohne echte Ausweise, ohne ihre wenigen Habseligkeiten in den Rucksäcken. Nur eines besaßen sie, die Adresse ihres Vaters in Köln. Und nur eines konnte er im Moment tun, hoffen, daß man mit den Kindern, wo immer sie nun auch waren, Mitleid hatte.

Der zweite Köster goß Hannes noch zwei klare Schnäpse ein, dann half er ihm in eine Kammer. Da hing ein Bild über dem Bett im schwarzen Rahmen, ein Junge schaute sie mit großen traurigen Augen an.

»Unser Sohn«, sagte Köster knapp, »verschollen im letzten Kriegsjahr. Meine Frau ist nie darüber weggekommen. Na dann, also gute Nacht.« Abrupt wandte er sich um und ließ Hannes allein.

3

Die Narren regierten. Köln taumelte im Karneval. Musik dröhnte durch die Straßen. Der Rosenmontagszug grinste hinter Luftschlangen und Konfettiregen.

Auf dem großen Platz hinter dem Dom staute sich die Menge um die pompösen Festwagen. Die Tanzmariechen warfen ihre Beine zum Geplärr der Blechkapellen. Mitten in der tobenden, hektischen Ausgelassenheit suchte Anne nach ihrem kleinen Bruder Peter, der plötzlich verschwunden war.

Eine Frau und ein Mann faßten Anne unter, hielten sie schunkelnd in dem singenden Reigen.

»Lach doch ens, Mädche!« grölte der Mann gutmütig und setzte die Bierflasche an die Lippen. »Jetzt sing doch ens, Kink!«

Anne riß sich los, wand sich durch die dichten Reihen der Karnevalsnarren.

»Peter!«

Sie spähte zwischen den Leuten hindurch, sah Kinder an den Händen von Erwachsenen mit rot und blau und grün geschminkten Gesichtern, in Cowboykostümen, als Piraten und Neger verkleidet.

Da, eine Pelzmütze.

»Peter!«

Aber ihr Rufen ging in dem Lachen, Singen und Lärmen unter. Immer neue Menschen versperrten ihr den Weg.

Die Pelzmütze war verschwunden, ehe Anne sie noch erreichen konnte.

Unter dem steinernen Bogen der Brücke war nicht so ein Gewühl. Da hockten ein paar junge Burschen und Mädchen auf den Steinhaufen, die von Straßenarbeitern übriggeblieben waren, bissen in Knackwürste, tranken Bier und Wein aus Flaschen, wiegten sich im Takt der plärrenden Musik aus Kofferradios.

Anne lief zu einem der Burschen. »Haben Sie nicht einen kleinen Jungen mit Pelzmütze gesehen?«

»Ä nee, dat han ich net!« Die anderen lachten.

Anne sah hilflos von einem zum anderen. Sie spürte plötzlich, daß sie weinte. Sie wandte sich schnell ab.

Warum mußte Peter auch weglaufen? Warum mußte er immer so dumm sein? Wie sollte sie ihn jemals wiederfinden?

Überall nur diese Leute in den komischen Kleidern, mit den Papierhüten, den Masken und Pappnasen, die ihre Gesichter zu Grimassen verzerrten – keiner von ihnen würde bei der Suche nach Peter helfen.

Aber dann erblickte sie jenseits des Brückendurchgangs den Polizisten. Er trug eine blaue Uniform mit weißen Manschetten an den Handgelenken. Mit seinem weißen Stock scheuchte er die Leute über den Zebrastreifen, hielt eine Straßenbahn an.

Anne lief hinüber.

»Herr Polizist...«

Der Mann drehte sich um. Augen in einem Gesicht mit riesiger roter Pappnase über einem schwarzen Schnurrbart glotzten sie an.

Anne fuhr zurück.

»Nu Mädche, wat is et denn?« Der Mann in der Uniform beugte sich zu ihr hinunter.

»Ich... Ich suche meinen Bruder, und ich dachte, Sie...«

Der Mann schüttelte lachend den Kopf. »Nee, ich bin bloß ene Karnevalsjeck!«

Ein paar Burschen, die herumstanden, johlten: »Lurens, dat hätt jedacht, der is wirklich ene von de Polizei, nee is dat komisch!«

Der Mann in der blauen Uniform blickte das kleine Mädchen vor sich näher an, sah, daß sie geweint hatte.

»Is et denn wichtig, Mädche?«

Anne nickte. »Ja, sehr... Mein Bruder ist verschwunden!«

»Dann jeh emal da rüber! Da steht ene Wachtmeister!«

Er schob Anne in die Richtung, wo ein grünuniformierter Polizist zwischen Schmunzeln und Verärgerung seinen Kollegen aus dem Narrenreich beobachtete.

»So – du suchst deinen Bruder, und wo kommst du her?« wollte der Polizist wissen, als Anne vor ihm stand. Mißtrauisch nahmen seine Augen ihre seltsame Kleidung wahr.

»Von drüben... Wir sind geflohen...«

»Aus der Zone?«

»Nein«, sagte Anne. »Aus Polen. Wir sind heute hier angekommen.«

Das Gesicht des Beamten wurde dienstlich. »Aus Polen kommst du? Da zeig mir mal deinen Ausweis.«

Ausweis? Plötzlich hatte sie Angst. Hier gab es also auch Polizisten, die nach einem Ausweis fragten? Verwirrt schaute sie sich um. Ein Trupp von Kindern kam näher. Schnell rannte sie zu ihnen hinüber.

»He«, rief der Polizist, »komm noch mal her, du!«

Seine Stimme ging unter in dem Kreischen der Kinder und dem Knallen ihrer Cowboypistolen. Der Polizist zuckte die Achseln und wandte sich wieder der Betrachtung seines blauuniformierten Kollegen zu.

»Hände hoch«, schrie ein kleiner Bursche und stieß Anne mit seinem Schießgewehr in die Seite. »Hände hoch!«

Anne lief davon. Die Kinder rannten schreiend hinter ihr her.

Eine Telefonzelle. Ein Mann schwankte rülpsend heraus. Anne sprang an ihm vorbei in das Häuschen, schlug die Tür hinter sich zu. Sie fiel auf die schmale Holzbank an der Seite.

Wenn ich doch nur wüßte, was ich tun soll? Wenn – ihr Blick fiel auf den Telefonapparat. Sie suchte in ihren Taschen, fand endlich den zerknitterten Zettel, strich ihn glatt.

Warum hatte sie nicht früher daran gedacht? Sie mußte ihren Vater anrufen. Ihm Bescheid sagen. Er würde Peter schon finden. Er bestimmt. Sie lugte durch die Mattglasscheibe der Telefonzelle.

Draußen auf dem Platz herrschte immer noch das gleiche Gewühl. Was war das nur für ein Land! Sie hatte sich das alles ganz anders vorgestellt.

Sie stand auf und studierte die Gebrauchsanweisung des Fernsprechers: »Hörer abnehmen, zwanzig Pfennige einwerfen, die Nummer wählen ...« Zwanzig Pfennige – deutsches Geld. Das hatte sie nicht.

Für einen Herzschlag lang neue Hoffnung, schon wieder zerronnen. Sie verließ die Telefonzelle, lief auf den Platz zurück.

Der Karnevalszug war vorbei. Die Straße gehörte jetzt kleinen Gruppen abenteuerlich und seltsam kostümierter Menschen. Eine dicke Frau in roten Pluderhosen schob einen Kinderwagen. Darin zappelte ein Mann mit langen Storchenbeinen, blies gellend auf einer Autohupe. Weiter drüben, in der Nähe der Tribünen, war eine Menschenansammlung.

Anne rannte hinüber und drängte sich in die vorderste Reihe. Ein Mädchen tanzte da, mit langen, flatternden Haaren. Sie warf die Beine in den roten Stiefeln hoch in die Luft, sprang und hopste zu der blechernen Musik, die von überall her kam. Die Leute warfen dem Mädchen Münzen zu. Das Geld klimperte auf das Pflaster.

Nur eine dieser Münzen haben, nur eine – vielleicht würde das schon genügen, um zu telefonieren.

Ein Geldstück sprang vor Annes Füße. Sie bückte sich. Aber der kleine Junge neben ihr war schneller, grapschte den Groschen und tauchte zwischen den Beinen der Leute weg.

Tränen schossen in Annes Augen. Sie drehte sich um und lief weiter, auf der verzweifelten Suche nach Peter.

»So, jetzt biste aber jenuch mitjefahre, Jung! Jetzt mußte runner von de Wajen ...« Der Mann mit der roten Narrenkappe und den klimpernden Karnevalsorden auf der Brust faßte den kleinen Peter am Kragen seiner Jacke und hob ihn aus dem Wagen heraus, ehe er sich noch wehren konnte. Die kurze Stockung war zu Ende, der Zug wälzte sich weiter unter dem Lärm der Blechkapellen.

»He«, schrie Peter, aber der Wagen war schon vorbei. Der kleine Junge stand da, eingekeilt in der schunkelnden Menge.

In diesem Augenblick wurde ihm bewußt, daß er in einer

fremden Stadt war, unter fremden Menschen. Verwirrt schaute er sich um.

Hinter ihm hob sich gewaltig und düster eine Kirche in den grauen Februarnachmittag, mit riesigen Türmen, so groß und so hoch, wie Peter noch nie vorher etwas gesehen hatte.

Das war doch der Dom! Das war bestimmt der Dom von Köln. Im gleichen Moment fiel ihm Anne ein. Anuschka! Wo war denn Anuschka?

Er war ihr weggelaufen. Einfach weggelaufen. Das war doch alles so herrlich – die vielen bunten Wagen, die komischen Leute, die laute Musik – darüber hatte er Anuschka ganz vergessen.

Die Menge schob sich weiter, dem Zug nach, zog Peter mit. Da sah er oben auf den Stufen zum Dom ein Mädchen – ein Mädchen wie Anuschka.

»Anuschka!« rief er. Er drängte zurück, stieß und wurde gestoßen, schlüpfte zwischen Beinen durch und erreichte endlich die Domtreppe. Von Anuschka keine Spur.

Mutlos ließ Peter den Kopf hängen, war plötzlich so einsam und verlassen wie nie zuvor in seinem kleinen Leben.

Aber dann dachte er, vielleicht ist Anuschka in die Kirche gegangen? In Bilau ist sie auch oft in die Kirche gegangen – mit der Oma.

Er lief schnell die Stufen hinauf. Das Hauptportal war verschlossen, er rüttelte an der Klinke, sie gab nicht nach. Aber die Seitentür öffnete sich wie von allein, fiel lautlos hinter ihm zu.

Der Lärm des Karnevals schnitt ab, verstummte. Lautlose kühle Stille war in dem hohen Steingewölbe. Von ferne fiel blaßviolettes Licht durch die hohen schmalen Fenster zwischen den grauen Steinbogen.

Peter blinzelte in das Halbdunkel, trat dann zögernd Schritt für Schritt vor.

Weit vorn schimmerte matter Kerzenschein, flackerte in einem dünnen Luftzug. Ein paar Frauen saßen verstreut in den altersdunklen Bänken, alte Frauen, sie ließen mit gesenkten Köpfen die Perlen des Rosenkranzes durch ihre alten Hände gleiten, murmelten stumm ihre Gebete.

Ein Priester kam heran. Peter drückte sich scheu in den Schatten einer Säule. Sein Herz klopfte so laut, daß er meinte, der Priester müßte es hören. Der aber ging vorbei, ein stummer schwarzer Schatten.

Peter hatte Angst. Dieser gewaltige Raum, die unendliche Stille – so etwas hatte er noch nicht erlebt. Es ist doch das Haus vom lieben Gott, dachte er, ich brauche doch keine Angst zu haben. Aber er fürchtete sich.

Die Kirche in Bilau war klein und immer sehr hell gewesen von den vielen Kerzen, die vor dem Bild der Mutter Gottes brannten. Und Gemurmel war immer dort, und das silberne Läuten der Klingeln vorne am Altar.

Plötzlich dachte Peter daran, warum er in den Dom gegangen war – Anuschka. Sie war nicht hier. Das konnte er sehen. Da waren nur die alten Frauen, die in den Bänken knieten.

Peter kniete sich auch hin. Er senkte den Kopf, machte das Kreuzzeichen und faltete die Hände. Aber es war gar nicht so einfach, hier zu beten, in diesem Haus, dessen Türme bestimmt den Himmel berührten und dessen Decke so hoch war, daß er sie gar nicht mehr sehen konnte.

Die Oma hatte gesagt, wenn man in eine Kirche geht, muß man beten, man muß dem lieben Gott für alles danken, was er für einen getan hat, und ihn bitten, daß er einen weiterhin beschützt. – Vielleicht, wenn ich größer wäre, dann hätte ich gar keine Angst hier im Dom, dachte Peter. Die alten Frauen haben auch keine Angst, sonst würden sie doch nicht so lange da knien.

»Danke, lieber Gott«, betete er, »für alles, was du für mich getan hast, und bitte, mach mich ganz schnell groß, damit ich keine Angst mehr habe. Und bitte, laß doch die Anuschka auf mich warten. Bitte, mach doch, daß ich die Anuschka wiederfinde und dann zum Papi komme und dann – und dann richtig in die Heimat bin.« Er seufzte und flüsterte dann: »Ich will auch nie mehr weglaufen, ich will immer brav sein, ganz bestimmt.«

Er stand auf, verbeugte sich in Richtung des Altars, der so weit weg und unerreichbar war. Dann lief er nach draußen.

Der Karneval war verweht wie ein Spuk. Der Domplatz lag verlassen da. Der dunkle Winterabend machte sich auf ihm breit. Wind trieb Fetzen von Luftschlangen, armselige Überbleibsel der Ausgelassenheit, vor sich her, wirbelte Konfetti hoch, fegte es in die Gosse. Neonreklamen und Straßenlaternen blakten düster, trunkener Lärm versickerte irgendwo in den Straßen und Gassen und hinter den Wänden der Wirtschaften.

Peter lief um den Dom herum zu dem Platz, wo die Tribünen waren – jetzt verlassen, nutzlos geworden, zum Abbruch bestimmt.

An so einem Platz war er schon gewesen, das wußte Peter genau. Auf solch einem Platz, wo eine Wand von Leuten auf den bunten Zug herunterlärmte, waren sie aus dem Lastwagen gestiegen.

Er kletterte die Tribüne hinauf bis zu den obersten Bänken. Er kauerte sich hin und sah sich um. Seine kleinen Hände fuhren staunend zum Mund hoch.

Das war aber ein Fluß! Das war aber ein Fluß! So breit und schwarz und glitzernd von den Laternen, die am Ufer standen.

»Das ist aber schön«, flüsterte Peter. »Ist das aber schön!«

So fand ihn Anne eine Viertelstunde später.

Sie war umhergeirrt, inmitten der übermütigen, fröhlichen Menge, allein, ein hilfloses Mädchen auf der Suche nach dem Bruder, und sie war immer wieder zu dem Platz hinter dem Dom zurückgekehrt, wo Peter verschwunden war.

Die Tribünen am Rande des Platzes waren jetzt leer, die

schmalen Holzgerüste warfen ein schwarzes Scherengitter gegen die hellen Mauern der Häuser.

Anne ging hinüber, setzte sich auf die unterste Stufe.

Sie blickte über den Platz. Vielleicht würde Peter hierhin zurückkommen. Vielleicht... Aber wenn er nicht kam? Ihr Herz klopfte ihr im Hals. Sie konnte doch nicht ohne Peter zu Vater gehen – was würde er sagen? Sie begann leise und verlassen vor sich hin zu weinen.

»Anuschka!«

Sie schreckte hoch.

»Anuschka!«

Sie hörte es ganz deutlich. Das war Peters Stimme.

»Ja«, schrie sie, »Peter! Pjotr!«

Sie sprang auf, blickte sich um, sah aber niemanden.

»Anuschka!« rief es wieder.

Da entdeckte sie ihn. Peter saß hoch oben auf der Tribüne.

Auf Händen und Füßen kroch sie, sprang sie die Tribüne hinauf.

Der Junge streckte die Arme nach ihr aus.

»Peter!«

»Anuschka!«

Die Kinder lachten und weinten, fielen sich um den Hals. Aber dann schob Anne den kleinen Bruder von sich fort. »Ich muß dir eine Ohrfeige geben«, sagte sie fest.

»Nein, nein«, jammerte Peter. »Jetzt nicht, wo ich doch so froh bin, daß du wieder bei mir bist.«

Anne hielt ihn am Ärmel seiner Jacke fest. Er bekam seine Ohrfeige. Aber sie fiel sehr schwach aus.

»Wo warst du bloß?« fragte Anne. »Wo warst du bloß? Ich hab' solche Angst gehabt!«

»Ich hab' Bonbons gesucht, guck mal.« Der Kleine zog seine Hände aus den Hosentaschen und hielt sie Anne hin, angefüllt mit den bunten Karnevalsbonbons.

»Die sind so reich hier! Die werfen Bonbons auf die Straße und Apfelsinen, und – und – och es war wunderbar!«

Peter seufzte tief auf. »Es ist doch prima in die Heimat! – Ich bin auf so ein Wagen gefahren. Ein Mann hat mich mitgenommen. Er hat gesagt, ich bin ein richtiger Karnevalsjeck. Was ist ein Jeck? Sag doch mal, was ist ein Jeck?«

Anne zuckte die Schultern. »Weiß ich doch nicht.«

»Dann hab' ich dich gesucht«, plapperte Peter weiter. »Ich bin gelaufen, immer gelaufen. Und jetzt bin ich müde. Meine Beine tut weh. Anuschka, meine Beine tut weh . . .«

»Das geschieht dir ganz recht.« Anne stand auf. Energisch zog sie den Kleinen hoch. »Komm jetzt! Wir wollen endlich zu Vater!«

Es hatte wieder zu schneien begonnen. Die weißen Flocken trieben lautlos herunter, schmolzen auf dem nassen Pflaster des Hofes.

Hannes starrte hinaus in die dichter werdende Nacht. Hinter ihm am Herd hantierte die Frau des Bauern Ferdinand Köster leise mit den Töpfen.

»Es nützt nichts, wenn Sie da stehen und hinausstarren«, sagte die Bäuerin. »Mein Mann wird noch ein Bier trinken beim Gustav. Das tut er immer, wenn er ins Dorf geht.« Sie füllte Kartoffeln in eine Schüssel, trug sie zum Tisch. »Kommen Sie, wir wollen essen. Dann geht die Zeit schneller vorbei.«

Hannes wandte sich langsam um. Er zog das Bein noch etwas nach, als er zum Tisch trat, aber es schmerzte nicht mehr.

»Wenn mein Mann was über die Kinder erfahren hätt', wäre er längst hier«, sagte die Frau und schob Hannes die Brotschale zu.

»Ja«, sagte Hannes, »das glaub' ich auch.«

Trotzdem sprang er auf und lief zur Tür zurück, als wenig später von draußen die schweren Schritte des Bauern zu hören waren. Hannes riß die Tür auf, lief hinaus. »Was Neues?« fragte er.

Der Bauer schüttelte den Kopf. Er trat in den Flur,

stampfte den Schnee von den Schuhen, ging dann in die Wohnstube.

»Nun?« fragte seine Frau.

»Nichts«, sagte der Bauer. Er setzte sich an den Tisch, begann zu essen.

»Der Jockel meint zwar, er hat die Kinder gesehen, aber was er da sagt, kann man allemal nicht glauben. Der ist nicht richtig im Kopf, wissen Sie.«

Hannes nickte. Er schluckte. »Aber wenn er diesmal vielleicht –«

»Nein«, sagte der Bauer, »machen Sie sich keine Hoffnungen. Die Kinder sind noch drüben im Osten. Da würd' ich drauf schwören. Sie haben doch selbst gesehen, wie jemand sie kassiert hat.«

»Ja, schon«, sagte Hannes, »aber vielleicht hat der Mann Mitleid gehabt und hat die Kinder laufenlassen?«

»Mitleid?« Der Bauer lachte kurz auf. »Wer hat denn heute noch Mitleid?«

Später, als Hannes in der kleinen Kammer unter dem Bild des verschollenen Köstersohnes in seinem Bett lag, fand er keine Ruhe.

Ich kann nicht fort von hier, ehe ich nicht weiß, was aus den Kinder geworden ist, dachte er, wie soll ich nach Köln fahren und Hartmann gegenübertreten? Was soll ich ihm sagen, was aus seinen Kindern geworden ist?

Er stand auf, ging zum Fenster und öffnete es. Er fror bald in der eisigen Nachtluft und zog seine Jacke an. Weit hinten, jenseits der Felder, konnte er undeutlich die eckigen Köpfe der Wachtürme erkennen.

Wenn ich zurück über die Grenze ginge, wieder in den Osten, wer würde mir schon helfen? Der Bauer drüben, der andere Köster? Ich könnte es nicht verlangen, dachte er, das dürfte ich nicht verlangen.

Er dachte wieder daran, was Brenck Anton am letzten Abend vor ihrer Flucht gesagt hatte: »Paß auf die Kinder auf, daß ihnen nichts geschieht. Du hast viele Dummheiten in deinem Leben gemacht... Paß auf die Kinder auf.«

Ich habe auf die Kinder aufgepaßt, dachte Hannes, daß ich einen Schuß ins Bein bekommen habe, dafür kann ich nichts. Es war nicht meine Schuld.

Aber ich muß etwas tun, um die Kinder wiederzufinden. Ich muß – und selbst wenn ich wieder nach drüben gehe und mich stelle, dachte er. Vielleicht kann ich dann die Kinder freikriegen. Vielleicht kann ich dann erreichen, daß man sie zu ihrem Vater schickt.

Hannes verließ das Haus, ohne daß es jemand merkte. Er fand bald den Weg, ging schnell, so schnell er konnte. Als er sich einmal umblickte, war das Gehöft schon nicht mehr zu sehen.

Er dachte nichts. Er spürte die Kälte nicht, die der Wind vor sich her über die kahlen Felder trieb. Er wußte nur, er mußte Gewißheit über das Schicksal der Kinder bekommen.

Der Strahl einer Taschenlampe nagelte ihn fest. Zwei Grenzpolizisten traten aus dem Gebüsch am Weg.

»Was machen Sie denn hier?« fragte der größere der beiden und ließ den Strahl der Taschenlampe an Hannes hinauf- und hinuntergleiten. »Sie wissen wohl nicht, daß Sie sich hier in unmittelbarer Nähe der Zonengrenze befinden?«

»Doch, aber ich –«

»Weisen Sie sich aus«, unterbrach ihn der andere und trat nahe an ihn heran.

Hannes griff in seine Jackentasche, zog seinen Ausweis hervor.

Der größere der Polizisten richtete seine Taschenlampe auf Hannes' Hände. Der andere nahm den Ausweis und blätterte darin.

»Sie sind Pole?«

»Was?« entfuhr es dem Großen. Er trat schnell noch einen Schritt näher.

»Nein«, sagte Hannes, »ich bin Deutscher, als Vierzehnjähriger nach Schneidemühl evakuiert, dann Arbeitsdienst in Bilau –«

»Und was machen Sie jetzt hier?«

»Ich bin geflüchtet.«

»Geflüchtet? Von drüben?«

»Ja, ich –«

»Das sieht mir aber eher so aus, als wollten Sie nach drüben«, sagte der Große skeptisch. »Oder können Sie die Himmelsrichtungen nicht mehr unterscheiden?« In seiner Stimme war jetzt offene Ironie.

Der andere Polizist schwieg. Er starrte Hannes nur mißtrauisch an.

»Ich bin vor fünf Tagen über die Grenze gekommen«, sagte Hannes hastig. »Ich hatte noch zwei Kinder dabei. Die Kinder hat man erwischt, und ich wollte jetzt versuchen, zurück nach drüben zu gehen, um zu sehen, was aus ihnen geworden ist.«

Die beiden Grenzpolizisten wechselten einen Blick. Der Große richtete seine Taschenlampe auf Hannes' Gesicht, daß dieser die Augen geblendet schließen mußte.

»Ich bin verantwortlich für die Kinder. Ich wollte sie zu ihrem Vater nach Köln bringen«, sagte Hannes.

Die beiden schwiegen immer noch.

»Was wollen Sie eigentlich von mir?« fuhr Hannes auf. »Was habe ich Ihnen getan? Lassen Sie mich doch in Ruhe!«

»Das werden wir leider nicht können«, sagte der größere der beiden. »Ich muß Sie bitten, mitzukommen.«

»Aber die Kinder, ich sage Ihnen doch –«

»Die lieben Kinderchen«, sagte der andere Grenzpolizist, der bisher geschwiegen hatte, und faßte Hannes am Arm.

Der Große steckte Hannes' Ausweis in seine Tasche. »Also, vorwärts. Wir werden uns wohl am besten auf der Grenzkontrollstelle weiter unterhalten.«

Die Weberstraße war ein langer, schmaler Schlauch. Aus den Häusern mit den bunten Neonzeichen und den mattglitzernden Butzenscheiben drang Musik, Gläserklirren und Stimmengewirr. Den ganzen Bürgersteig entlang parkte ein Wagen hinter dem anderen.

»Hier soll der Papi wohnen?« Peter verzog ungläubig das Gesicht. »Das sind doch alles Kneipen? Oder?«

»Na und? Wart's doch erst mal ab!« Anne lief weiter. Im Schein der Neoleuchten konnte sie die Hausnummern erkennen. Peter folgte ihr murrend.

Neun, elf, dreizehn, fünfzehn und endlich das Haus Nummer fünfundzwanzig. Die Kinder blieben stehen.

»Das ist aber auch eine Wirtschaft«, sagte Peter.

Anne starrte zu dem blutroten geschwungenen Neonzeichen hinauf. »Nein, das ist eine Bar.«

»Eine Bar? Was ist eine Bar?«

»Das ist –«

»Auch eine Kneipe, hier riecht es doch nach Schnaps«, sagte Peter. Er zerrte an Annes Hand. »Warum gehen wir denn nicht rein. Warum starrst du denn so blöd? Komm doch!«

Aber Anne schüttelte den Kopf. »Warte.« Sie zog den Zettel aus der Tasche und las ihn noch einmal. Eva Gärtner, stand da, Köln, Weberstraße 25. Hannes hatte gesagt, daß Vater da wohne.

Neben dem Lokal war eine schmale Haustür, kein Namensschild, aber eine Klingel. Anne drückte auf den Klingelknopf. Sie warteten. Nichts rührte sich.

»Laß uns doch in die Wirtschaft gehen«, murrte Peter ungeduldig. »Ich hab' auch Durst.«

Er lief zum Eingang der Bar, stieß die Haustür auf und streckte neugierig seinen Kopf vor. Anne folgte ihm.

Rotes und blaues Licht goß sich ihnen entgegen. In einer Ecke des dämmerigen Raumes klimperte ein Klavier. Darüber hing dick eine Glocke von Rauch und Schnaps und undeutlichen Stimmen.

Auf einer winzigen Tanzfläche zwischen runden, weißgedeckten Tischen drehten sich Menschen, hundertfach zurückgeworfen von einem breiten Spiegel, wogten zu der Musik hin und her.

»Was machen die denn da?« fragte Peter.

»Die tanzen.« Anne hielt Peter fest an der Hand. »Komm«, flüsterte sie, »laß uns wieder gehen.«

In diesem Augenblick trat ein Mann in roter Livree auf sie zu, ein weißes Tuch lässig über dem Arm. Seine Augenbrauen hoben sich. »Was wollt ihr denn hier?« Er wies zur Tür. »Hier ist kein Platz für euch –«

»Warum?« fuhr Peter mit seiner hellen Stimme dazwischen. »Meinen Sie, ich war noch nie in einer Wirtschaft? In Bilau?«

»Sei still!« Anne gab ihm einen Schubs. Dann wandte sie sich an den Kellner.

»Wir suchen unseren Vater«, sagte sie fest.

Die Musik schwieg. Die Paare lösten sich, gingen zu den Tischen zurück. Einige entdeckten die Kinder und blieben neugierig stehen.

»Wir suchen unseren Vater«, sagte Anne noch einmal, »Herrn Hartmann. Er wohnt hier.«

Eine Frau kicherte. Ein Mann lachte schallend auf. »Alle mal herhören«, schrie er, »ist hier einer, der Hartmann heißt?«

»Nein«, brüllte es zurück.

Der Kellner wurde nervös. Er faßte die Kinder bei den Armen, schob sie vor sich her zur Tür. Aber Anne sah zu ihm auf. »Wo ist Frau Gärtner?«

»Frau Gärtner?« Verblüfft ließ der Kellner die Kinder los.

Der Mann, der eben schallend gelacht hatte, rief: »Evchen, komm doch mal her, du wirst hier verlangt!«

Eva Gärtner, die hinter der Bar stand, hatte die Kinder sofort bemerkt, als sie eintraten – ihre sonderbare Kleidung, ihre staunenden Augen. Sie hatte auch den Kellner zu ihnen geschickt. Jetzt setzte sie ihr Sektglas ab.

»Evchen, dein Typ wird verlangt«, rief der Mann noch einmal.

Die Gäste reckten neugierig die Köpfe vor, als Eva über die Tanzfläche zu den Kindern schritt.

»Was wollt ihr denn hier?« fragte sie.

»Guten Abend«, sagte Anne und schaute die Frau mit ihren großen Augen an. »Sind Sie Frau Gärtner?«

Eva nickte. »Ja. Und was wollt ihr von mir?«

»Du – du bist doch gar keine Frau«, sagte Peter verblüfft. Seine Augen hingen an Eva, an ihrem hautengen schwarzen Kleid, den silbernen Haaren, die weich über ihre nackten Schultern fielen. »Du bist doch ein Mädchen.«

Die Gäste reckten die Hälse und lachten. Selbst der Klavierspieler hörte mit seinem Geklimper auf.

Eva lächelte. »Danke, kleiner Mann«, sagte sie. »Das ist ein Kompliment, aber«, sie beugte sich herunter, »jetzt geht mal schön wieder.« Sie legte den Kindern die Hand auf die Schulter.

Anne schüttelte den Kopf. »Wir wollen zu unserem Vater. Zu Herrn Hartmann. Er wohnt doch bei Ihnen.«

Diesmal brüllten die Gäste vor Lachen. »Evchen, da hast du es! Da kommt's raus!« rief einer.

Eva richtete sich auf. Ihr Gesicht war plötzlich weiß und hart unter dem silberblonden Haar. »Kommt mit«, sagte sie.

Sie schob die Kinder vor sich her, über die Tanzfläche, vorbei an den neugierig starrenden Gästen in das kleine Hinterzimmer. Sie knipste das Licht an. Schloß die Tür. Sie packte die Kinder bei den Schultern, drehte sie so, daß sie ihnen in die Gesichter sehen konnte.

»Wo kommt ihr her? Wieso kommt ihr zu mir? Was wollt ihr hier?« Ihre Stimme war heiser.

Anne zog stumm den Zettel aus der Tasche, hielt ihn ihr hin.

»Wir kommen aus Bilau«, plapperte Peter dazwischen. »Das ist in Polen. Und wir – es ist aber prima hier, in die Heimat, ganz prima. Bist du auch –«

»Sei still, Peter«, sagte Anne.

Der kleine Junge schwieg verblüfft. Er sah unsicher von seiner Schwester zu der blonden Frau, die plötzlich gar nicht mehr jung aussah. »Was ist denn, was ist denn los?« murmelte er.

Eva sah auf. »Von wem habt ihr meine Adresse?« Sie zerknüllte den Zettel in ihrer Hand, warf ihn auf den Tisch in den Aschenbecher.

»Von Onkel Hannes«, sagte Anne leise. Ihre Augen hingen furchtsam an der Frau, die sich mit zitternden Fingern eine Zigarette anzündete. »Er hat gesagt, unser Vater wohnt bei Ihnen.«

Eva fuhr herum, starrte die Kinder an. »Nein, das stimmt nicht!« Jetzt klang ihre Stimme hoch, fast schrill. Die Kinder zuckten zusammen. »Euer Vater hat nie bei mir gewohnt!«

Peter drängte sich an Anne, klammerte sich an ihre Hand. »Was sagt die Frau?«

»Aber Sie kennen unseren Vater doch«, flüsterte Anne. »Bitte, Hannes hat doch gesagt, daß Sie ihn kennen.« Sie blickte beschwörend zu Eva auf, die hastig an ihrer Zigarette sog. »Bitte, sagen Sie uns doch, wo ist unser Vater, wo?«

»Ich weiß es nicht, ich weiß es wirklich nicht, ich kann es euch nicht sagen!« Eva zerdrückte die Zigarette im Aschenbecher. Sie vermied es, die Kinder anzusehen. »Ihr müßt jetzt gehen. Hier könnt ihr nicht bleiben.«

Die Kinder sagten nichts. Im Zimmer war es plötzlich sehr still.

Als Eva das Mädchen anblickte, sah sie, daß es den Kopf gesenkt hielt. Seine Schultern zuckten.

Die Flucht mit all der Angst, der Anstrengung und Erschöpfung, alles war umsonst gewesen, aber wie sollte Anne es der Frau sagen, die da stand, das Gesicht so weiß und hart unter dem hellen Haar. Anne starrte vor sich auf den Teppich, ihre Augen folgten dem blau-roten Muster, als könne sie aus seinen verschlungenen Linien erfahren, was zu tun sei.

»Ihr müßt jetzt gehen«, sagte die Frau, »euer – euer Onkel Hannes wartet sicher schon auf euch?«

»Onkel Hannes?« flüsterte Peter. »Der ist doch gar nicht mehr da, der ist doch weg, und überhaupt, was sollen wir denn jetzt tun?« Er klammerte sich an Anne. »Anuschka! Sag doch – sag doch, was wir tun sollen.«

Über seinen Kopf hinweg sahen sich die Frau und das Mädchen an.

Und dann begann Peter laut und jammernd zu weinen.

4

Peter lag auf der Couch, die Decke bis zum Gesicht hochgezogen. Er starrte zum Fenster hinaus, wo durch die Vorhänge der rote Widerschein der Neonreklame zuckte. Von unten aus dem Haus klangen die gedämpften Geräusche der Bar herauf. Ein Schunkelwalzer. Das helle Lachen einer Frau. Gläserklirren.

»Anuschka?« flüsterte Peter.

Er drehte sich auf die Seite. Undeutlich konnte er auf der anderen Couch unter dem Fenster Anuschkas dunklen Haarschopf auf dem weißen Kissen erkennen.

»Anuschka?«

»Ja?« Sie hob den Kopf.

»Darf ich zu dir kommen?« Ohne eine Erwiderung abzuwarten, stieg Peter von der Couch, lief zu Anne hinüber, kroch unter ihre Decke. Er schmiegte sich eng an sie.

»Kannst du auch nicht schlafen?« flüsterte er.

»Nein«, antwortete Anne.

»Warum hat die Frau uns hierbehalten?« fragte er. »Guck mal, wenn wir doch ...« Seine Stimme verlor sich. Er drückte sich enger an das Mädchen und schmiegte sein Gesicht in ihre Hand. »Warum weiß die Frau nicht, wo der Papi ist, wenn Hannes doch gesagt hat, er wohnt hier?«

»Ich weiß es doch auch nicht«, sagte Anne gepreßt.

»Ich bin gar nicht mehr froh, daß wir nach die Heimat gekommen sind«, flüsterte Peter. »Ich wünschte, wir wären in Bilau geblieben. Da war wenigstens der olle Onkel Dzymek und die Katinka und der Jan, und ich konnte so schön im Garten spielen ...«

»Du hättest doch gar nicht mehr im Garten spielen können«, sagte Anne. »Wir wären in ein Heim gekommen, das weißt du doch.«

»Hätten wir dann auch so eine Uniform gehabt, so einen Kittel wie – wie die Waisenkinder?«

»Vielleicht«, sagte Anne.

Peter hob seinen Kopf, versuchte Anne in der Dunkelheit anzusehen. »Warum ist die Oma eigentlich tot? Warum ist sie gestorben?«

»Sie war doch schon so alt.«

»Aber die Mami war gar nicht alt, als sie tot gegangen ist, hast du gesagt.«

»Nein, sie war nicht alt.«

»Warum ist sie dann gestorben?«

»Sie war sehr schwer krank, so krank, daß ihr der Arzt auch nicht mehr helfen konnte.«

»Ist der Papi deswegen weggegangen nach die Heimat?«

»Ich glaube, ja«, sagte Anne.

Peter lag regungslos. »Ich weiß gar nicht mehr, wie der Papi aussieht«, flüsterte er nach einer Weile. »Von das olle Bild kann man gar nichts sehen.«

»Er sieht ein bißchen so aus wie Onkel Hannes.«

»Ich verstehe das alles nicht.« Peters Stimme klang ganz klein und verloren. »Warum ist der Papi denn nicht da? Er hat uns bestimmt vergessen. So doll viel hat er auch nicht geschrieben. Wenn er uns lieb hätte, dann – dann hätte er uns doch nicht allein gelassen!«

»Ich glaube, das verstehen wir noch nicht«, sagte Anne. »Papi ist doch ein Mann und – und er weiß schon, was er tut.«

»Weiß man immer, was man tut, wenn man ein Mann ist?« fragte Peter.

»Ja, ich glaube, ja«, erwiderte Anne. Sie zog den kleinen Jungen eng an sich. »Schlaf jetzt aber«, sagte sie. »Es ist schon so spät.«

»Anuschka?« sagte Peter noch einmal, und seine Stimme war nur ein kaum hörbarer, angstvoller Hauch. »Aber der Papi ist doch nicht tot, nicht, er kommt doch morgen, oder nach morgen?«

»Ja«, flüsterte Anne erstickt, »ja, er kommt.«

Am 18. August 1954 hatte Anne ihren Vater zum letztenmal gesehen.

Er stand im Wohnzimmer des kleinen Hauses am Rande von Bilau. Er trug seinen grauen Regenmantel. Vor ihm auf dem Tisch lag ein brauner Koffer. Der Vater schnappte die Schlösser zu, hob ihn vom Tisch.

In diesem Augenblick öffnete Anne die Tür. Der Vater wandte sich um. »Anuschka?«

»Papi! Gehst du fort?« Sie starrte verwundert auf den Koffer.

»Komm her«, sagte er.

Anne lief zu ihm. Er setzte sich auf das Sofa, zog sie auf seinen Schoß. Sie schmiegte sich in seinen Arm. »Papi, gehst du fort?« fragte sie noch einmal. Er sah sie an, aber er sagte nichts.

Und plötzlich wußte Anne, was die sonderbaren Ereignisse der letzten Tage zu bedeuten hatten.

Die Oma war so traurig gewesen. Manchmal hatte sie rote Augen gehabt, so, als habe sie geweint. Der Papi ging nicht zur Arbeit. Er war den ganzen Tag zu Hause. Aber abends ging er immer fort. Er kam so spät wieder, daß er ihr, Anne, gar nicht mehr gute Nacht sagen konnte. Zuerst hatte Anne gedacht, der Papi sei krank, weil er doch nicht mehr zur Arbeit ging. Aber er sah gar nicht krank aus. Er war blaß wie immer. Der Onkel Hannes kam auch so oft.

Er und Papi spazierten stundenlang im Garten herum. Sie flüsterten miteinander, und wenn Anne zu ihnen kam, weil sie mit ihnen spielen wollte, schickte der Papi sie weg. Das hatte er sonst nie getan. Ja, und dann der Brief. Der dicke Brief, der gestern gekommen war. Als der Papi ihn aus dem Briefkasten nahm, zitterten seine Hände. »Jetzt ist es soweit«, sagte er zur Oma. Und die Oma drehte sich um, lief in ihr Zimmer und schloß sich ein. Anne hatte es genau gehört und gesehen.

»Du bist doch mein großes Mädchen, Anne«, sagte ihr Vater jetzt.

Anne nickte stumm. Sie konnte nichts sagen. Sie hatte plötzlich schreckliche Angst.

»Ich fahre fort«, sagte der Vater. »Ich fahre in die Heimat, von der ich und Mami dir erzählt haben, du weißt doch, am Rhein.«

Anne nickte wieder.

»Ich werde in der Heimat arbeiten, und wenn ich genug Geld gespart habe, daß ich eure Bahnfahrt bezahlen kann, kommst du mit der Oma und dem Peter nach.«

»Warum kannst du nicht hier arbeiten und hier sparen, und dann fahren wir alle zusammen?« fragte sie.

Der Papi wandte den Kopf zur Wand, als ob da etwas Besonderes zu sehen wäre. Aber da hing doch nur das Bild mit den roten Mohnblumen, und der Fleck darunter, den hatte doch Peter mit seinen schmutzigen Patschhänden gemacht.

»Ich muß zuerst allein fahren«, sagte der Vater. »Vielleicht finde ich in der Heimat keine Arbeit. Dann muß ich zurückkommen.«

»Wenn – wenn Mami nicht tot wäre, würdest du auch wegfahren?« fragte Anne leise.

Sie sah, wie der Mund ihres Vaters ganz schmal wurde. Dann schüttelte er den Kopf.

Und plötzlich wußte sie, daß der Papi nur wegfuhr, weil Mami nicht mehr lebte. Warum das so war, wußte sie nicht.

Aber es war bestimmt der Grund, das spürte sie ganz genau.

»Du wirst sehr brav sein, nicht?« sagte der Vater. »Der Oma keine Sorgen machen und immer auf Peter aufpassen, ja? Versprichst du es mir?«

»Ja«, sagte sie, »ich verspreche es dir.«

Dann schrie Peter oben in seinem Zimmer.

»Geh mal gucken, was er hat«, sagte der Vater. Anne folgte ihm, weil sie gleich mit dem Bravsein anfangen wollte.

Peter weinte ohne Grund, wie kleine Kinder es manchmal tun. Aber er hörte nicht eher auf, bis sie ihn in den Schlaf geschaukelt hatte.

Als sie wieder nach unten ins Wohnzimmer kam, war der Vater fort.

Anne wußte es sofort, denn der Koffer war nicht mehr da, und das ganze Zimmer sah so leer und verlassen aus.

Sie begann zu weinen. Sie rief: »Oma! Oma!« Aber niemand antwortete.

Sie rannte nach draußen, in den Garten, lief um das Haus herum. An der Gartenpforte stand ihre Großmutter und starrte auf die Straße.

»Oma«, flüsterte Anne.

Die alte Frau wandte sich langsam um. »Ja, Kind?« Und Anne sah in dem müden, faltigen Gesicht der Großmutter, daß es wirklich stimmte, daß der Vater fort war, daß es wirklich und wahrhaftig stimmte.

Der Papi schrieb oft. Jede Woche kam ein Brief von ihm. Manchmal schickte er auch Bilder mit, und er sah auf allen sehr lustig und vergnügt aus. Er war jetzt auch so fein angezogen – so fein wie niemand sonst, den Anne kannte; höchstens wie die Leute, die in den großen schwarzen Autos manchmal durch die Straßen von Bilau fuhren und die Funktionäre hießen, wie die Oma sagte.

Der Papi schrieb sehr oft. Zu Weihnachten und zu den Geburtstagen schickte er auch Pakete mit vielen schönen Sachen – aber er schrieb nie, daß er endlich genug gespart hätte, damit sie jetzt kommen könnten.

Wenn Anne die Großmutter danach fragte, sagte diese immer: »Wir müssen Geduld haben, euer Vater muß erst einmal richtig Fuß fassen in der Heimat...«

Was das nun wieder war, wußte Anne nicht genau, aber sie dachte sich, ehe der Papi nicht richtig Fuß gefaßt hat, kann er nicht genug sparen. Und das schien zu stimmen.

Plötzlich, im Sommer des letzten Jahres, kamen keine Briefe von ihrem Vater mehr.

Anne dachte, vielleicht kommt Papi zurück, vielleicht will er uns überraschen – deshalb schreibt er nicht mehr. Auch die Großmutter schien etwas Ähnliches zu denken, denn sie saß die meiste Zeit am Fenster und blickte die Straße entlang, als erwarte sie, daß der Papi jeden Augenblick unten bei der Wirtschaft um die Ecke biege.

Das ging bis zum November so. Anne erinnerte sich noch genau.

An dem Tag, als der erste Schnee fiel, brachte der Postbote einen Brief.

Er kam aus der Heimat, das sah Anne an den Briefmarken. Aber es war eine fremde Schrift auf dem Umschlag.

Die Großmutter schloß sich mit dem Brief in ihr Zimmer ein.

Anne wagte zuerst nicht, die Oma zu fragen, von wem der Brief sei, und zwei Tage später konnte sie es nicht mehr. Da war die Großmutter tot.

Sie stand einfach eines Morgens nicht mehr auf.

Anne lief zu Hannes, der nicht weit von ihnen in einem möblierten Zimmer wohnte. Gemeinsam holten sie den Arzt.

»Sie hat schon immer ein schwaches Herz gehabt, und dann das Asthma, die alte Frau Kreinky«, sagte der Arzt. »Aber sie hat einen leichten Tod gehabt.«

Anne hatte gleich dem Papi geschrieben. Sie bekam keine Antwort.

Und dann sagte Hannes: »Wir fahren zu ihm. Wir fahren in die Heimat.«

Das hatten sie getan. Und jetzt waren sie hier, in der Heimat, aber bei ihrem Vater waren sie immer noch nicht.

Anne stieg vorsichtig von der Couch. Peter wälzte sich herum, murmelte im Schlaf. Aber er wachte nicht auf.

Anne ging auf Zehenspitzen zu dem Stuhl, wo ihre Kleider lagen. Sie zog die kleine Ledermappe aus ihrer Jackentasche, tappte zum Fenster.

Im flackernden matten Schein der Neonleuchten von der anderen Straßenseite betrachtete sie das Bild ihres Vaters, sein schmales Gesicht mit den hellen Augen und dem dunklen Haar.

Warum bist du nicht hier? dachte sie. Warum können wir nicht bei dir sein? Jetzt sind wir gekommen, und immer noch dürfen wir nicht bei dir sein.

Die Lichter unten in der Bar waren bis auf die Ampel hinter der Theke erloschen.

Eva legte das Geld in die Kassette und schloß sie ab. Dann griff sie nach den Zigaretten. Der Mann auf dem Hocker vor der Bar gab ihr Feuer. Im Schein des Zündholzes war ihr Gesicht blaß, die Haut spannte sich dünn über die Backenknochen.

»Du siehst müde aus heute«, sagte der Mann. Er streckte die Hand aus und legte sie auf ihre Hand.

»Es war ein langer Tag, Bert. Ich bin froh, wenn Karneval vorbei ist.« Eva nahm ihr Glas von der Theke, kam um die Bar herum, ging zu einer der Sitznischen. Der Mann folgte ihr, setzte sich neben sie.

Er legte ihr den Arm um die Schultern. »Warum mußt du die Bar immer noch betreiben? Du brauchst es doch nicht mehr.«

Er spürte, wie sie sich in seinem Arm steif machte. Er lachte leise. »Ich weiß, was du jetzt sagen wirst, du willst deine Unabhängigkeit nicht verlieren.«

»Ja, Bert«, sagte sie.

Sie sah vor sich hin, nahm einen Schluck aus ihrem Glas. »Vielleicht ist es dumm, aber ich hänge an der Bar. Ich hab' sie damals allein aufgebaut, zuerst waren die Amis meine Gäste und dann die Engländer. Es war nicht immer leicht, aber was sollte man damals schon machen? Ich war froh, daß ich eine Existenz hatte.«

Sie hob den Kopf und blickte Bert an, sein kräftiges, breites Gesicht unter dem kurzen Haar, das nicht mehr blond, aber noch nicht grau war. »Du meinst es gut, Bert. Aber was würde deine Frau sagen?«

Sein Mund wurde schmal. »Gut, wir wollen nicht mehr davon sprechen.«

»Wir wollen nie mehr davon sprechen«, sagte Eva ernst.

Sie schwiegen. Hingen ihren Gedanken nach.

»Bert«, sagte Eva dann. »Ich muß dir noch etwas sagen. – Ich kann am Mittwoch nicht mit nach Paris fahren.«

»Warum?« Er nahm den Arm von ihren Schultern, rückte von ihr ab, sah sie an. »Du hattest mir versprochen –«

»Ich weiß«, unterbrach Eva ihn, »aber es ist etwas geschehen. Ich kann einfach nicht.«

»Was ist los?« Plötzliches Mißtrauen war in seiner Stimme.

Eva schüttelte lächelnd den Kopf. »Nichts, was du denkst. Es ist nur – ich habe überraschend Besuch bekommen.«

»Besuch?«

»Ja, zwei Kinder.«

»Kinder?« Bert lachte laut auf.

»Um Himmels willen, von wem denn? Soviel ich weiß, hast du weder Verwandte noch sonst etwas.«

»Hab' ich auch nicht«, sagte Eva. »Es sind – es sind die Kinder von Werner Hartmann.«

Sein Gesicht verschloß sich. Seine Augen schlitzten sich.

»Werner Hartmann?«

»Ja«, sagte sie. »Anne und Peter, seine Kinder. – Du hast keinen Grund, eifersüchtig zu sein.«

»Na klar«, sagte Bert, »er war ja vor meiner Zeit.«

»Ja«, wiederholte sie, »Werner Hartmann war vor deiner Zeit – und er ist tot.«

Sie sah von ihm fort. »Seine Kinder sind heute abend hier angekommen, aus Polen, stell dir vor. Schwarz über zwei Grenzen. Sie waren mit einem Freund Hartmanns zusammen, den man an der Zonengrenze geschnappt hat. Die beiden Kinder haben sich allein weiter durchgeschlagen – ›nach die Heimat‹, wie der Kleine sagt, zu ihrem Vater... Bert!« Sie griff nach seiner Hand, klammerte sich an sie, »Bert, sie wissen nicht, daß ihr Vater tot ist. Was soll ich nur tun? Wie soll ich es ihnen sagen?«

Der Kontrollraum der Grenzstelle war ein schmaler rechteckiger Schlauch. Die Wände waren hellgrün gestrichen. Außer dem Schreibtisch und einem Aktenschrank in der Ecke, ein paar Stühlen an den Wänden und dem dumpf bullernden Ofen war der Raum kahl und leer.

Der Mann hinter dem Schreibtisch sah jetzt auf, die Litzen auf seinen Schulterstücken blitzten im Licht der Tischlampe, als er sich vorbeugte.

»In der Nacht vom 10. zum 11. Februar haben Sie Polen verlassen?« fragte er mit seiner leisen, aber energischen Stimme.

»Ja«, sagte Hannes.

»In der Nacht des 13. Februar haben Sie die Zonengrenze übequert?«

»Ja.«

»Wer hat Sie hier aufgenommen im Westen, Herr Maurer?«

Hannes zögerte.

»Sie haben den heutigen Tag doch irgendwo verbracht?«

»Ja.«

»Bei wem also? – Reden Sie ruhig, wir sind hier im freien Westen, Herr Maurer. Bei uns wird niemand bestraft, der einem Flüchtling hilft.«

»Der Bauer Köster hat mich aufgenommen.«

»Woher kennen Sie Herrn Köster?«

Hannes schwieg.

Der Mann hinter dem Schreibtisch beugte sich vor. Er sah Hannes eindringlich an. »Sie machen mir meine Aufgabe nicht gerade leicht, Herr Maurer. Sie kommen hierher, werden nachts an der Grenze aufgegriffen. Man findet bei Ihnen nichts als einen polnischen Paß, Ostgeld. Sie haben eine Schußwunde am Bein. Gut, das spricht für die Geschichte, die Sie mir erzählt haben. Aber darüber hinaus – wenn es ans Antworten auf meine Fragen geht, schweigen Sie.«

»Ich möchte keine Namen von drüben nennen«, sagte Hannes. »Ich war für die Leute drüben ein Fremder. Sie haben mir selbstlos geholfen, verstehen Sie doch.«

Der Mann hob die Hand. »Lieber Herr Maurer, ich bin lange genug hier an der Zonengrenze; für mich gibt es nichts, was ich nicht verstehen könnte. Aber wir müssen doch Ihre Angaben überprüfen. Wir haben gewiß keinen ›Spionen-Komplex‹ wie die da drüben, aber ein bißchen müssen wir auch für unsere Sicherheit tun, nicht wahr?«

Hannes zuckte mit den Schultern.

»Sie sind beim Bach über die Grenze gekommen, durch den Hohlweg?«

»Ja.«

»Und den gleichen Weg wollten Sie heute wieder zurück? Warum?«

»Wegen der Kinder, ich sagte es Ihnen doch schon.« Hannes biß sich auf die Lippen.

Der Mann hinter dem Schreibtisch hob beruhigend die Hand, als habe er Hannes Gedanken erraten.

»Es hat keinen Sinn, daß Sie sich aufregen, Herr Maurer. Wir werden Sie diese Nacht auf jeden Fall hierbehalten müssen. Wenn Ihre Angaben stimmen, können Sie gleich morgen früh weiter ins Notaufnahmelager. Aber bis dahin müssen Sie leider unser Gast sein.«

Er stand auf, ging zur Tür und öffnete sie. »Schneider? Bringen Sie Herrn Maurer in sein Zimmer«, rief er in den Vorraum.

Der größere der beiden Grenzpolizisten, die Hannes hierhergebracht hatten, erschien.

Hannes stand auf, folgte ihm durch den langen Flur zu dem winzigen Zimmer, in dem nichts weiter stand als ein Bett, ein Tisch und ein Stuhl. Die Fenster waren vergittert.

»Gute Nacht«, sagte der Polizist.

Die Tür schlug zu. Der Schlüssel drehte sich im Schloß. Die schweren Schritte des Beamten verklangen.

Hannes war allein. Allein mit seinen quälenden Gedanken, seiner Unruhe wegen der Kinder und seiner Furcht vor dem, was der nächste Tag noch alles bringen würde.

»Immer muß ich ruhig sein«, maulte Peter. Er warf widerwillig den kleinen Hammer hin, mit dem er versucht hatte, die Plastikbausteine in ihre Fugen zu klopfen.

»Du weißt doch, daß Tante Eva schlafen muß.«

»Ach was«, Peter stampfte mit dem Fuß auf. »Immer muß die am Tag schlafen, weil die abends nicht ins Bett geht. Und immer muß ich leise sein und darf gar nichts tun. Und du, du bist auch so doof! Ja«, er nickte energisch mit seinem runden Kopf. Seine Augen blitzten. »Immer kochst du und putzt du und bügelst du, und mit mir spielt keiner mehr. Und ein Garten ist hier auch nicht.«

Er lief zum Fenster. »Auf der Straße spielen auch keine Kinder. Es ist richtig langweilig!« Er schlug ärgerlich mit seinen Fäusten auf die Fensterbank.

»Sei doch froh, daß wir hierbleiben dürfen«, sagte Anne, »Tante Eva ist so nett zu uns.«

Peter fuhr herum. »Ich bin gar nicht froh, und die Tante Eva ist auch gar nicht nett. Die macht immer so ein komisches Gesicht, wenn die uns anguckt. Lachen tut die nie!«

»Du bist richtig frech heute«, sagte Anne. Sie knipste das Bügeleisen aus, faltete die letzte Serviette zusammen.

Sie ging zu Peter, kniete sich neben ihn. »Weißt du, was wir jetzt machen? Wir gehen spazieren, ja? Wir gehen mal zum Rhein.«

»Nein«, murrte er störrisch, »ich will nicht zum Rhein. Und überhaupt – ich wünschte, ich wäre nie, nie nach die Heimat gekommen. Hier ist es gar nicht schön, hier ist es nur langweilig!«

»Ich geh' auch mit dir ins Kino«, versprach Anne.

»Kino?« Sein Gesicht hellte sich auf. »Ja, das ist prima! Da laß uns mal gehen!«

In diesem Augenblick klingelte es unten.

»Ich geh' aufmachen!« Peter lief hinaus, polterte mit seinen klobigen Jungenschritten die schmale Treppe hinunter.

Er lief durch den dämmerigen Flur, in dem es wie im ganzen Haus nach kaltem Rauch und schalem Alkohol roch, und öffnete die Tür.

»Tag, Peter«, sagte der Mann, der da stand, und streckte ihm die Hand entgegen.

Peter starrte neugierig zu dem Mann hoch. »Woher weißt du, wie ich heiße?«

»Na, willst du mir keine Hand geben?« fragte der Fremde.

In dem Gesicht des kleinen Jungen arbeitete es. »Bist du, bist du – mein Vater?« flüsterte er.

Der Mann lächelte ein wenig unsicher. »Nein, ich bin der Onkel Bert, und ich will zur Tante Eva.«

»Ach so ...«, Peter schob enttäuscht die Unterlippe vor. »Aber du kannst jetzt nicht rein«, sagte er dann wichtig, »die Tante Eva schläft, und sie hat gesagt, sie ist für niemand da.«

»Peter«, rief Anne und kam schnell näher. »Entschuldigen Sie«, sagte sie zu Bert, »mein Bruder weiß nicht –«

»Es ist schon gut«, sagte Bert. »Er macht seine Sache schon richtig, was, mein Junge? – Übrigens«, er wies zum Rand des Bürgersteigs, wo ein hellgrauer Wagen parkte. »Auf dem Rücksitz liegt ein Paket für dich, hol's dir.«

»Für mich?« Peters Mund klappte erstaunt auf. »Aber – du kennst mich doch gar nicht?«

Bert schmunzelte. »Na, hol dir's schon.« Er gab Peter einen Klaps auf die Schulter, und der schoß wie ein Blitz zu dem Wagen.

Bert wandte sich an Anne, die der kleinen Szene verblüfft gefolgt war. »Und du bist Anne, ja?«

Anne nickte nur.

»Mensch!« rief Peter und schleppte das Paket heran, »das ist aber schwer.«

Anne blickte immer noch verwundert von einem zum anderen, dann trat sie einen Schritt zurück. »Bitte, kommen Sie doch herein.«

Bert nahm Peter das Paket ab und trug es hinauf in das Zimmer, das seit einigen Tagen zum Heim der Kinder geworden war.

Er stellte es auf dem Tisch ab und sagte: »Der Peter kann es selbst auspacken.«

Peter ließ sich das nicht zweimal sagen.

Immer noch unsicher, fragte Anne zögernd: »Soll ich Tante Eva wecken?«

Aber Bert schüttelte den Kopf. »Nein, nein, sie wacht schon von alleine auf. Wir sind verabredet. – Ich bin ein Freund von Tante Eva, und deshalb bin ich auch euer Freund!« Anne legte ihre Hand zögernd in seine ausgestreckte Rechte.

»Einverstanden?« fragte er.

Anne nickte scheu.

»Mensch«, rief Peter dazwischen, »hilf mir doch mal, Onkel Bert, ich krieg' die Schnur nicht auf.«

Als Eva eine Viertelstunde später erschien, noch unausgeschlafen, den Geschmack der durchwachten Nacht im Mund, da verflog ihr Ärger, daß sie durch Gepolter und laute Stimmen geweckt worden war.

Der Teppich war zurückgeschlagen. Auf dem Boden krochen Bert und die Kinder herum, spielten mit einer chromblitzenden Eisenbahn, waren so sehr in ihr Spiel vertieft, daß sie noch nicht einmal jetzt aufschauten.

Eva schloß die Tür hinter sich mit einem Knall. Die Kinder und der Mann fuhren erschrocken zu ihr herum.

»Na«, sagte sie und lächelte Bert an, »ich glaube, du hast dich gleich richtig bei den Kindern eingeführt.«

»O ja«, rief Peter, »der Onkel Bert ist prima. Der kann öfter kommen.«

Bert stand auf. Er strich sich verlegen das Jackett glatt. »Du hast doch nichts dagegen?«

»Aber nein.« Eva schüttelte lächelnd den Kopf.

»Ich habe zuerst gedacht, er ist der Papi«, sagte Peter. Er lief zu Bert hinüber, faßte nach seiner Hand und sah ihn strahlend an. »Aber es ist nicht schlimm, daß du nur der Onkel Bert bist, du bist nett.«

Stille. Bert und Eva sahen sich an. Eva war blaß geworden. Sie biß sich auf die Lippen, sagte dann, und ihre Stimme zitterte: »Laßt ihr mich wenigstens mitspielen?«

Anne entging die plötzliche Verwirrung nicht, die Peters Worten gefolgt war. Sie sah auch den gepeinigt-hilflosen Blick, den Eva Bert zuwarf. Aber sie sagte nichts. Stumm senkte sie den Kopf.

Und die Angst war wieder da, diese entsetzliche Angst, die ihr den Atem nahm. Wo war ihr Vater? Wann würde sie endlich erfahren, wo ihr Vater war?

Später, als Eva und Bert unten in der Bar saßen – noch war der Raum leer, noch war es zu früh für Gäste –, sagte Eva: »Ich halte es nicht mehr lange aus, Bert. Ich muß eine Lösung finden. Ich muß etwas tun.«

»Du tust alles, was im Augenblick zu tun ist«, sagte Bert und dachte an die Gesichter der Kinder, als sie in ihren Betten lagen, glücklich, zufrieden und dankbar.

»Du verstehst es nicht«, sagte Eva.

»Doch.« Bert dachte an seinen eigenen Sohn, den siebenjährigen Ralf, an sein schmales, bitter und unzufrieden verkniffenes Gesicht, das das schönste Spielzeug der Welt nicht aufzuhellen vermochte. Sein Sohn, der sich ängstlich verbarg, wenn er, Bert, nach Hause kam, der sich benahm, als sei sein Vater ein Tyrann. – Und seine Tochter, die siebzehnjährige Marlis, ihre spöttische, unzufriedene Art, wenn sie mit ihm sprach, ihre Verachtung für ihn, die unbegründet war und nur durch einen Menschen genährt werden konnte, durch Marlene, seine Frau.

»Du tust viel für die Kinder«, sagte Bert. »Ich wünschte – ich wünschte, meine Frau hätte nur einen Bruchteil dessen für ihre eigenen Kinder getan.«

»Warum tue ich es denn«, flüsterte Eva, »weißt du, warum? Weil ich schuld am Tode ihres Vaters bin!«

5

Der Schein der Kerze, die zwischen ihnen auf der Theke stand, machte Evas Augen ganz schwarz.

»Schuld an Hartmanns Tod? Das ist doch nicht wahr! Das ist doch – du bildest dir das ein«, sagte Bert.

»Nein«, flüsterte sie. »Es ist die Wahrheit. Es ist meine Schuld, daß Werner Hartmann nicht mehr lebt.«

Berts Augen wanderten über ihr Gesicht, als könne er dort die Antwort auf all die Fragen lesen, die sich ihm in dieser Minute aufdrängten. Seine Hände umfaßten ruhig den Fuß seines Cocktailglases.

»Aber das ist doch Unsinn, du bildest dir da etwas ein«, sagte er.

»Nein, Bert, glaub es mir.«

»Warum hast du mir dann nie etwas davon gesagt?« Es war ein versteckter und doch deutlicher Vorwurf in seiner Stimme.

»Du hattest doch nichts damit zu tun. Ich wollte dich

nicht damit belasten. Nur jetzt, wo die Kinder hier sind, da ist eben alles anders.«

Bert sah sie abwartend an.

»Es war ein Unfall«, sagte Eva. »Wir hatten uns vorher gestritten. Weißt du, er ist einfach davongerannt. Und dann ist er in ein Auto gelaufen, mitten in ein Auto.«

Die Tür wurde aufgestoßen, eine Gruppe junger Leute drang lärmend in die Bar.

Bert faßte nach Evas Hand und drückte sie. »Laß uns ein andermal davon sprechen«, sagte er, »nicht jetzt. – Aber eins kann ich dir sagen, wenn es so ist, wie du es mir erzählst, dann trifft dich keine Schuld. Dann brauchst du dir keine Vorwürfe zu machen.«

Eva nickte stumm. Sie wandte sich schnell ab und beschäftigte sich mit den Gläsern.

Bert stand auf. Er ging zur Garderobe hinüber, ließ sich seinen Mantel geben, blickte noch einmal zur Theke zurück, lächelte Eva ermutigend zu und verließ dann die Bar.

Ja, dachte sie, das ist Bert, ruhig und selbstsicher. Besonnen und stark.

Das war er nicht gewesen, Werner Hartmann, das war er gewiß nicht gewesen. Er war aufbrausend und hilflos, schwach und jähzornig gewesen – ein Mann von drüben, der nichts hatte und nichts bekam... Und doch habe ich ihn geliebt.

Sie stand auch in jener Nacht hinter der Bar. Es war schon sehr spät, und sie war müde. Ihre Augen brannten vom Zigarettenrauch, der in blauen Schwaden unter der Decke hing. Ihre Kehle war trocken, ihre Stimme heiser, weil sie zuviel geredet und gelacht hatte.

Damals war ihr Haar noch schwarz, und sie trug das Goldlamékleid mit den engen langen Ärmeln.

Eva hatte wieder das metallische Sirren im Ohr, mit dem der Ärmel über die Theke scheuerte, als sie das Glas vor den Mann mit den hellen Augen hinschob.

»Wir schließen gleich«, sagte sie.

Thomas, der Kellner, gähnte ungeniert und wischte mit seinem Handtuch hart am aufgestützten Arm des Mannes vorbei.

»Sie sehen aus wie Eva«, murmelte der Mann. »Genau so.«

Eva lachte leise. Sie hielt sein Gemurmel für das Geschwätz eines Betrunkenen.

»Ich heiße auch Eva«, sagte sie spöttisch.

»Eva«, murmelte der Mann, »Eva.«

Er drehte sich abrupt um. »Machen Sie doch, daß Sie wegkommen«, fuhr er den Kellner an.

Der Kellner zog stumm die Augenbrauen hoch. Dann ging er in eine der Sitznischen hinüber. Er knipste die Beleuchtung aus, räumte restliche Gläser ab.

»Sie sind nicht gerade freundlich«, sagte Eva zu dem Mann, der sie mit seinen hellen Augen anblickte.

Er sah von ihr fort. »Ist doch egal«, murmelte er.

Er wühlte mit nicht mehr ganz sicheren Händen in seinen Taschen, holte einen Zwanzigmarkschein heraus und legte ihn auf die Theke. Er rutschte vom Hocker, und stakste durch das Lokal zur Tür.

Schade, dachte Eva. Sie blickte ihm nach. Ein netter Kerl. Schade, daß er betrunken ist.

Das war ihre erste Begegnung mit Werner Hartmann.

Am nächsten Abend war er wieder da und an den darauffolgenden Abenden auch. Aber er blieb nie mehr bis zuletzt. Er trank stumm seinen Kognak und ging, ohne je wieder mit Eva gesprochen zu haben.

Ein paar Tage später hatte sie ihren freien Abend. Die Bar war geschlossen, und sie saß oben in ihrer Wohnung. Sie hatte eigentlich früh zu Bett gehen wollen, doch sie fühlte sich plötzlich seltsam allein. Die Stille des leeren Hauses beengte sie.

Sie entschloß sich, ins Kino zu gehen. Der Platz neben ihr blieb frei, bis es dunkel wurde.

Dann kam ein Mann, und als er sich an ihr vorbeizwängte mit einem höflich gemurmelten »Danke –«, erkannte sie Werner Hartmanns Stimme.

Sie konnte sich nicht auf den Film konzentrieren, weil sie ständig seine Augen auf ihrem Gesicht spürte.

Nach dem Film sprach er sie an und lud sie zu einer Tasse Kaffee ein. Sie gingen in ein kleines Café und später zu ihm nach Hause.

Sein Zuhause war ein möbliertes Zimmer mit alten schäbigen Möbeln und einem abgetretenen Teppich.

Aber was Eva sofort auffiel, waren die Fotos von zwei Kindern, die auf dem Tisch unter dem Fenster in einem Silberrahmen steckten.

»Wer ist das?« fragte sie und nahm die Fotos zur Hand.

»Das sind Anne und Peter, sie sind noch in Polen«, antwortete Werner Hartmann.

An diesem Abend erfuhr Eva alles von ihm. Er erzählte ihr von seinen Kindern und von Eva, seiner Frau.

»Du hast das gleiche Haar wie sie, lang und glatt und schwarz.« Er hob die Hand und legte sie auf ihr Haar, und sie nahm ihren Kopf auch nicht fort, als seine Finger ihre Wange berührten und über ihren Mund tasteten.

»Dein Gesicht ist anders«, sagte er, »und doch, wenn du sprichst, deine Stimme, und manchmal deine Augen ...«

Sie konnte ihn nicht allein lassen in dieser Nacht. Sie blieb bei ihm. Er war so allein. Er war so einsam. Und sie wußte, daß er sie brauchte.

»Ich habe gedacht, es wird besser, wenn ich nach Hause komme, wieder nach Westdeutschland«, sagte er, »aber es ist nicht besser geworden. Ich komme nicht mit. Ich kann nicht so leben wie die Menschen hier. Seit fünf Jahren bin ich im Westen, aber ich kann mich nicht eingewöhnen. Sieh dich um, zu was habe ich es in dieser Zeit gebracht? Zu einem möblierten Zimmer und einer nicht besonders gut bezahlten Stellung bei einer Bank. Und vor allem – ich habe Eva nicht vergessen können.«

Später, als sie neben ihm lag und auf seinen Atem lauschte, der unruhig und stockend kam, als träume er schlecht, da dachte sie, ich wünschte, ich könnte ihm helfen. Er ist so allein.

In den Wochen, die darauf folgten, waren sie oft zusammen. Er kam jeden Abend zu ihr in die Bar.

Sie konnte sich nicht immer um ihn kümmern, wenn Gäste da waren, und manchmal mußte sie auch mit den Männern flirten, denn das erwartete man von ihr.

Werner Hartmann verstand das nicht. »Warum gibst du die Bar nicht auf? Warum können wir beide nicht richtig zusammen leben? Wir könnten heiraten!«

Sie liebte ihn, aber der Gedanke, immer mit ihm zusammenzusein, machte ihr Furcht.

»Wovon sollten wir leben?« fragte sie, um sich von dieser Furcht abzulenken.

»Von meinem Gehalt«, erwiderte er, »ich habe Aufstiegsmöglichkeiten, bestimmt.«

»Ich habe Ansprüche«, sagte sie. »Ich habe so lange ich denken kann über eigenes Geld verfügt. Du mußt das verstehen. Ich bin kein junges Mädchen, das noch nichts kennt.«

Manchmal fragte sie ihn auch: »Warum läßt du die Kinder nicht kommen?« Denn sie dachte, die Kinder würden ihm einen Inhalt geben, ihn anspornen, wieder etwas aus seinem Leben zu machen.

Aber dann wich er aus, und langsam erfuhr sie, daß er gerade dies nicht wollte. Er hatte den Kindern ein Märchenland für den Tag versprochen, wenn er sie zu sich in den Westen holen würde, und er wußte, er konnte sein Versprechen nicht halten.

Das ging ein Jahr so. Manchmal war sie seiner müde, weil er sie so sehr für sich beanspruchte und weil sie ihn aus seiner Resignation nicht herausreißen konnte, so sehr sie sich auch Mühe gab.

Vor allem eins kam hinzu – seine Eifersucht, die ihn in

jedem Mann, der in die Bar kam, einen Nebenbuhler sehen ließ. Wenn sie nur jemanden anlächelte oder sich länger mit ihm unterhielt, konnte sie gewiß sein, später, wenn sie mit Werner Hartmann allein war, nichts als böse Vermutungen und ungerechte Anschuldigungen zu hören.

»Ich hätte es mir denken können«, schrie er sie eines Abends an. Er riß das Fenster ihres Wohnzimmers auf, beugte sich hinaus und holte tief Atem, als bekäme er keine Luft. »Du bist wie alle anderen. Da braucht nur ein Mann zu kommen, mit einem dicken Wagen und einer dicken Brieftasche, und schon fällst du um.«

Sie hockte auf der Couch. Ihre Augen brannten wie so oft vor Müdigkeit und von dem langen rauchigen Abend unten in der Bar.

Er kam zu ihr herüber. Riß sie an den Schultern hoch. »Gib's doch zu, daß du mich mit dem Kerl betrügst! Gib's doch zu.« – Und sie wußte noch nicht einmal, wen er meinte. Er rüttelte sie an den Schultern. »Wenn du wenigstens ehrlich wärst!«

Sein Gesicht hing über ihr, verzerrt bis zur Unkenntlichkeit. »Ich hasse dich«, stieß er hervor, »du ekelst mich an.«

»Werner!« Sie machte sich von seinen Händen los. Sie stand auf. Er wich zurück.

»Du weißt, daß du unrecht hast«, sagte sie. »Alles, was du mir vorwirfst, kommt nur aus deiner eigenen Unsicherheit, weil du es zu nichts gebracht hast. Weil du die dicken Brieftaschen und die dicken Wagen überschätzt. Weil du selbst schwach bist, glaubst du, andere müßten es auch sein.«

Und dann verlor sie die Beherrschung. Sie schrie ihn an: »Geh doch schon. Mach, daß du wegkommst, du fällst mir auf die Nerven. Du machst mich mit deinem ewigen Mißtrauen kaputt. Ich will dich nie mehr sehen – geh doch endlich.«

Er starrte sie an, als habe sie ihn geschlagen. Er ging ohne ein weiteres Wort.

Sie hörte seine Schritte auf der Treppe, langsam erst, und dann lief er.

Die Haustür schlug zu. Und dann nichts mehr. Stille.

Sie fiel auf die Couch. Sie weinte, enttäuscht, verbittert und verletzt, bis sie endlich einschlief.

Zwei Stunden später riß das Klingeln des Telefons sie aus dem Schlaf.

Sie fuhr hoch und nahm den Hörer ab.

»Sankt-Josef-Hospital?« Sie war hellwach. »Ein Unfall? Werner -«

»Ich komme sofort.«

Sie rief ein Taxi, warf nur einen Mantel über ihr Abendkleid, war zehn Minuten später im Krankenhaus.

Das laute Klacken ihrer hohen Absätze hallte durch den langen, weißen Steinflur. Dann öffnete sich die Tür eines Zimmers. Ein Arzt trat heraus, kam auf sie zu. »Frau Gärtner?«

Sie nickte.

Der Arzt nahm sie beim Arm.

»Was ist mit ihm?« Es war ihr, als schrie sie, aber sie flüsterte nur.

Der Arzt schüttelte den Kopf.

»Ist er . . . Ist er tot?«

»Ja«, sagte der Arzt. »Vor ein paar Minuten. Wenn Sie ihn noch einmal sehen wollen – die Schwester ist gleich fertig.«

Aber Eva schüttelte den Kopf. »Nein«, stieß sie hervor.

Der Arzt war behutsam und freundlich. Er brachte sie in ein Besuchszimmer. Er blieb bei ihr, bis sie ruhiger geworden war.

Später erzählte er ihr, wie es passiert war.

Werner Hartmann war überfahren worden. Es war seine Schuld. Er war direkt in den Wagen gelaufen.

Sie konnte es nicht glauben. Sie wollte es nicht glauben. Sie gab sich die Schuld an seinem Tod.

Sie schloß die Bar für eine Woche, fuhr in die Eifel. Sie

verkroch sich in einem winzigen Gasthof, wollte nichts hören und nichts sehen.

Später schrieb sie an seine Schwiegermutter in Bilau in Polen. Sie erhielt keine Antwort.

Da kam nur der Brief seiner kleinen Tochter Anne, die ihrem Papi schrieb, daß die Oma plötzlich gestorben war.

Eva mußte wieder nach Köln zurück, in ihr altes Leben. Sie ließ sich die Haare silberblond bleichen, weil sie es nicht ertragen konnte, daran zu denken, wie Werner gerade ihr Haar geliebt hatte.

Sie versuchte ihn zu vergessen, und es gelang ihr erst langsam, als sie Bert kennenlernte.

Draußen, im Königsforst, fuhr Bert Merten seinen Wagen in die Garage. Dann ging er zum Haus hinüber. Es lag breit da, ein flacher grauweißer Steinklotz zwischen Kiefern und Buchen, in deren Geäst der triefende Februarabend hing. Die Fenster waren alle dunkel. Nur aus dem Zimmer seiner Frau schimmerte schwaches Licht durch Vorhangritzen.

Wie so oft legte sich die Stille seines Hauses beklemmend auf ihn, als er eintrat. Er zog seinen Mantel aus, hängte ihn an die Garderobe. Vor dem matten venezianischen Spiegel strich er sich übers Haar. Irgendwo klappte eine Tür. Dann kamen schnelle Schritte näher.

Es war das Mädchen. »Guten Abend, Herr Merten.« Glattes Lächeln in glattem Gesicht. Ein neues Mädchen, Marlene mußte es erst heute eingestellt haben.

»Guten Abend! – Wo ist meine Frau?« fragte Bert.

»Die gnädige Frau bittet, sie zu entschuldigen. Sie fühlt sich nicht wohl. Sie möchten allein essen. Es ist auch schon angerichtet.«

»Ja, danke«, sagte Bert.

Er ging ins Speisezimmer hinüber. Das weiße Licht des Kristall-Leuchters tat seinen Augen weh. Er knipste es aus, ließ nur die Stehlampe brennen.

Der schmale lange Tisch war für eine Person gedeckt – wie so oft.

Bert setzte sich. Er langte nach der Wasserkaraffe, goß sich ein Glas ein, trank.

Hinter ihm öffnete sich die Tür, jemand trat ein.

»Hallo, Paps!«

Er wandte den Kopf. » 'n Abend, Marlis.«

Das junge Mädchen kam näher, mit gleitenden, schmalen Schritten. Sie hauchte Bert einen Kuß auf die Wange.

»Hast du einen anstrengenden Tag gehabt im Werk?«

Eine einfache Frage, und doch klang sie, als stecke etwas dahinter – ein Verdacht, Mißtrauen, irgend etwas Unausgesprochenes.

Marlis ging um den Tisch herum, setzte sich ihrem Vater gegenüber. Sie stützte die schlanken Arme auf, legte ihr Gesicht mit den schwarzen Augen in ihre kindlichen Hände.

»Und du?« fragte Bert. »Was hast du gemacht?«

Marlis lächelte, aber antwortete nicht.

»Warum bringt das Mädchen das Essen nicht?« fragte Bert nervös, lauter als er beabsichtigte. »Sie ist neu?«

Marlis schlitzte ihre Augen in einem spöttischen Lächeln. »Ja, Mama hat sie heute eingestellt. Sie ist nicht so hübsch wie die letzte, nicht wahr?«

»Was soll das heißen?« fragte Bert.

»Oh – nichts.« Marlis zuckte die Achseln.

Dann streckte sie die Hand aus, ergriff sein Weinglas. »Bitte, gib mir einen Schluck Wein.«

Er goß ihr von dem dunkelroten Beaujolais ein. Sie trank, als trinke sie Wasser.

Bert bemerkte es mit Unbehagen. Immerhin war Marlis erst siebzehn.

»Ralf ist heute übrigens hingefallen. Er hat sich ein Loch in den Kopf geschlagen. Der Arzt sagte zwar, es sei nicht schlimm, aber Mama hat sich schrecklich aufgeregt. Sie hat dich im Werk angerufen, aber du warst nicht da«, sagte Marlis betont gleichgültig.

»Aha! Daher der unliebenswürdige Empfang heute abend.« Bert stand auf.

Seine Tochter lächelte ihn an. »Du brauchst nicht nach oben zu gehen. Mama hat Ralf in ihr Zimmer genommen. Sie möchte nicht gestört werden, das hat sie ausdrücklich gesagt. – Willst du jetzt essen?« fügte sie dann hinzu.

»Nein«, sagte Bert sarkastisch. »Vielen Dank.«

Er verließ das Zimmer. Aber Marlis kam ihm nach.

In der Bibliothek brannte der Kamin. Das Feuer erhellte mit warmem Schein den Raum.

Bert ging zur Bar, goß sich einen Hennessy ein. Als er sich umwandte, kauerte Marlis vor dem Kamin auf dem Lederkissen, hielt eine Zigarette zwischen den Fingern, rauchte und starrte in die Flammen.

»Ich wußte gar nicht, daß du so kinderlieb bist«, sagte sie, ohne ihn anzusehen.

Es verschlug ihm den Atem. Das war es also, daher ihre Frage nach seinem Tag im Werk. Sie mußte ihn mit Anne und Peter gesehen haben.

Er setzte sich in einen Sessel, so, daß er ihr Gesicht von der Seite sehen konnte. Ihr Mund war schmal, ihre Wangen flach, wie die seiner Frau. Mit jedem Jahr, das Marlis älter wurde, ähnelte sie ihrer Mutter mehr.

»Es sind reizende Kinder«, sagte Marlis, »und wie sie sich über die lieben Tierchen im Zoo gefreut haben – nein, und wie entzückend sie angezogen waren, so modisch.« Jetzt war offener Hohn in ihrer Stimme.

»Hör einmal zu«, sagte Bert ruhig. »Was bildest du dir eigentlich ein, so mit mir zu reden?« Seine Stimme hob sich. »Das ist eine Unverschämtheit!«

Ihr Kopf fuhr herum. Ihre Augen funkelten ihn an. »So? Was ich tue, das ist eine Unverschämtheit. Und was tust du? Für deine eigenen Kinder hast du keine Zeit, aber für fremde!« Sie lachte kurz auf. »Doch das ist ja nichts Neues, für Fremde hast du dich immer mehr interessiert als für deine eigene Familie.«

»Halt deinen Mund«, unterbrach Bert sie. »Ich verbitte mir deine Frechheiten! Du weißt es genauso gut wie ich, daß ich alles für euch getan habe, was ein Mann nur tun kann. Für wen habe ich denn die Fabrik aufgebaut? Doch für euch! Und es war ganz allein meine Arbeit. Dabei hat mir niemand geholfen – auch deine Mutter nicht.«

»O doch«, Marlis lächelte, »Mama hatte das Geld.«

»Bis zur Währungsreform«, sagte Bert, »danach war nichts mehr davon da. – Aber im übrigen«, er mußte Atem holen, »ich habe keine Lust, mich heute abend mit dir zu streiten. Vor allem habe ich keine Lust dazu, mir von dir ungerechte Vorwürfe machen zu lassen. Was die Kinder angeht, die du heute mit mir im Zoo gesehen hast –«

»Ja?« fragte Marlis lauernd.

»Das sind sehr arme Kinder. Sie sind auf eigene Faust aus Polen geflüchtet, um hier bei ihrem Vater zu leben.«

»Bei ihrem Vater!« Marlis lächelte böse.

»Wenn du glaubst, daß ich ihr Vater bin – bitte«, sagte Bert ruhig.

»Natürlich sind es nicht deine Kinder.« Marlis zuckte die Schultern. »Aber wenn alles so harmlos ist, wie du es hinstellst, warum bringst du die Kinder dann nicht mal hierher? Mama liebt kleine Kinder, das weißt du doch!«

Sie stand auf und glitt mit ihren schmalen Schritten aus dem Zimmer – ohne ein weiteres Wort.

»Wißt ihr was, jetzt fahren wir drei zu mir nach Hause«, sagte Bert am nächsten Nachmittag in Evas Wohnung. »Ich habe nämlich auch einen kleinen Jungen. Er heißt Ralf. Er wird sich bestimmt freuen, mit euch zu spielen.«

Anne und Peter nickten mit roten, heißen Wangen. Sie hätten in diesem Augenblick alles für Bert getan.

Annes Hände strichen heimlich über den weichen hellblauen Stoff ihres neuen Kleides, das Bert ihr geschenkt hatte, und Peter stolzierte in neuen dunkelblauen Skihosen umher.

Eva nickte den Kindern zu. »Onkel Bert hat ein großes Haus mit einem wunderbaren Garten, da wird es euch bestimmt gefallen.«

»Warum gehst du denn nicht mit, Tante Eva?« fragte Peter.

»Ich muß arbeiten«, erwiderte sie.

»Och«, sagte Peter, »du willst doch bloß wieder schlafen.«

Sie lachten alle vier.

Bert faßte die Kinder bei den Schultern und schob sie zur Tür. »Also kommt, es wird Zeit.« Er wandte sich noch einmal zu Eva um.

»Ich bring' sie dir nach dem Abendessen wieder zurück.«

»Gut«, sagte Eva, »und viel Vergnügen.«

Sie winkte ihnen noch vom Fenster aus, nachdem sie in den grauen Sportwagen geklettert waren. Peter lehnte sich halb zum Wagenfenster hinaus. »Tschüs!« rief er, »tschüs!« Dann rutschte er nah zu Bert heran und sah ihm mit glänzenden Augen zu, wie dieser den Wagen schnell und doch ruhig durch den Nachmittagsverkehr steuerte.

»Fahr doch schneller«, bettelte er, als sie die Autobahn erreichten. »Bitte, kannst du nicht noch schneller fahren? – Guck mal, das olle Auto da vorn mußt du aber überholen!« Sein Gesicht glühte vor Aufregung. Er war noch nie in solch einem schönen Auto gefahren.

»Ist doch schade, daß die Tante Eva nicht mitgefahren ist«, sagte er.

Bert biß sich auf die Lippen. »Weißt du«, sagte er dann, »wenn wir bei mir zu Hause sind, darfst du nicht soviel von der Tante Eva sprechen.«

»Warum?« fragte Peter. »Mag deine Frau die Tante Eva nicht? Das find' ich aber komisch, die Tante Eva ist doch lieb.«

»Meine Frau kennt die Tante Eva gar nicht, und deshalb –«

»Das ist aber schade«, unterbrach Peter ihn.

Bert spürte, wie ihm die Röte ins Gesicht stieg. Anne sah ihn an. Sie sagte nichts.

Aber als sie draußen im Königsforst anlangten und Bert ausstieg, um das Gittertor zu öffnen, flüsterte sie Peter schnell zu: »Sag nichts von Tante Eva, hörst du. Sie ist doch die Freundin von Onkel Bert.«

»Darf seine Frau das denn nicht wissen?« fragte er zurück.

»Nein«, sagte Anne.

»Das find' ich aber sehr komisch«, murmelte Peter.

Gleich darauf wurde seine Aufmerksamkeit von einem kleinen Jungen in Anspruch genommen, der auf einem blitzenden Kinderrad die Auffahrt herunterkam. In dem Augenblick, als er den Wagen sah, wollte er das Rad wenden, um zurückzufahren.

Aber da rief Bert: »Ralf!«

Der kleine Junge stieg vom Rad, blieb stehen. Bert ging auf ihn zu, streckte die Hand aus. »Guten Tag, Ralf.«

Der Junge schaute mit seinen blanken schwarzen Augen zu ihm auf, aber er nahm die Hände nicht von der Lenkstange seines Rades. »Guten Tag, Vater.«

»Ich habe dir Besuch mitgebracht.« Ehe Berts Hand die Wange des Jungen berühren konnte, hatte der schon seinen Kopf abgewandt. »Wen denn?« fragte er mürrisch.

»Guten Tag!« rief Peter fröhlich dazwischen. »Bist du der Ralf? Och, hast du ein feines Rad!« Er klatschte in die Hände. »Darf ich mal damit fahren?«

»Wenn du willst«, sagte Ralf. Er ließ die Lenkstange los. Das Rad schlug um, fiel klirrend auf den Boden. Ein schneller Blick fuhr unter gesenkten Augenlidern zu Bert hoch.

Peter sah verblüfft von dem kleinen Jungen zu Bert. »Das schöne Fahrrad.« Er bückte sich, richtete es wieder auf.

Bert wandte sich um. »Anne, komm doch mal her.«

Anne stieg aus dem Wagen, kam zögernd näher.

»Wer bist du?« fragte Ralf mürrisch.

»Ich heiße Anne«, sagte das Mädchen, »willst du mir keine Hand geben?«

»Nein«, Ralf schüttelte den Kopf. »Meine Mutter sagt, Fremden brauche ich keine Hand zu geben.«

»Was ist denn, darf ich jetzt mit dem Rad fahren oder nicht?« rief Peter.

»Fahr doch«, stieß der kleine Junge hervor.

»Du bist aber komisch«, sagte Peter. »Ich bin doch gekommen, um zu spielen mit dir!«

Wieder dieser schnelle Blick unter gesenkten Augenlidern.

»Du willst doch nur radfahren, du willst ja gar nicht mit mir spielen.«

»Peter wußte doch gar nicht, daß du ein Fahrrad hast«, sagte Anne.

Bert räusperte sich. »Wißt ihr was? Wir gehen erst einmal alle ins Haus und sagen Mutter guten Tag. – Ich stell' nur noch den Wagen in die Garage.«

Er fuhr den Wagen in die Garage, kam dann zu den Kindern zurück, die stumm auf dem Weg standen.

»Wenn du willst, Ralf, kannst du Peter auch erst dein Vogelhaus zeigen«, sagte Bert.

Die Augen des kleinen Jungen leuchteten für den Bruchteil einer Sekunde auf. »Wenn er mag«, sagte er dann mürrisch.

»So ein Vogelhaus wie im Zoo?«

»Ja«, nickte Bert.

»Wo ist es?« fragte Peter aufgeregt.

»Hinter dem Haus.« Ralf wandte sich um, Peter folgte ihm. »Magst du Tiere?« hörte Bert seinen Sohn fragen. »Ich hatte mal einen Foxterrier, aber meine Mutter hat nicht erlaubt, daß ich ihn behalte.« Dann waren die beiden Jungen hinter dem Haus verschwunden.

»So, und wir zwei gehen jetzt ins Haus.« Bert faßte Annes Hand.

Anne blickte zu ihm auf. Sie sah, wie müde und alt sein Gesicht in diesem Augenblick war.

Marlene Merten hatte die Ankunft ihres Mannes mit den beiden Kindern vom Fenster das Salons aus beobachtet. Jetzt wandte sie sich zu Marlis um, die in einem der chintzbezogenen Sessel saß und ihre Beine über die Lehne baumeln ließ.

»Er bringt die Kinder tatsächlich mit«, sagte sie.

Das Mädchen zuckte die Achseln. »Na und?«

»Das beweist doch, daß es harmlos ist.« Die Mundwinkel der Frau zitterten, sie strich sich mit einer fahrigen Bewegung über die Wange. »Wir haben ihm unrecht getan...«

»Na und?« wiederholte Marlis. »Damit ist gar nichts bewiesen.«

»Ich verbiete dir, so etwas zu sagen«, fuhr Marlene auf. »Immerhin ist es dein Vater, von dem du sprichst.«

Marlis richtete sich mit trägen Bewegungen aus dem Sessel auf, schritt zur Tür. Die Klinke schon in der Hand, blieb sie stehen, sah zu ihrer Mutter zurück. »Und wer hatte mir den Auftrag gegeben, ihn zu bespitzeln?« Sie lachte leise, war dann verschwunden, ehe Marlene noch etwas erwidern konnte.

Sekundenlang blieb Marlene Merten regungslos stehen, dann ging sie hinaus. Ihr Mann und Anne waren schon in der Diele. Bert half Anne gerade aus ihrem Mantel.

»Da seid ihr ja«, sagte Marlene und kam schnell näher. »Ich freue mich sehr, dich kennenzulernen, Anne«, sagte sie. »Ich habe schon viel von euch gehört.«

Sie sah ihren Mann an. »Wo ist der Kleine, Bert?«

»Er ist mit Ralf beim Vogelhaus...« Bert verstummte verblüfft über soviel Wärme und Herzlichkeit in dem sonst so starren Gesicht seiner Frau.

»Willst du die Jungen nicht holen? Der Kaffee ist schon fertig«, sagte Marlene.

»Ja, natürlich«, erwiderte Bert und ging schnell nach draußen.

Zehn Minuten später saßen sie alle – bis auf Marlis – um den festlich gedeckten Kaffeetisch im Salon.

Annes anfängliche Schüchternheit legte sich schnell. Peter fühlte sich sofort wie zu Hause. Vor allem die Sahnetorte und der Kakao hatten es ihm angetan.

Ralf verfolgte mit verwunderten Augen, wie Peter ein Stück Kuchen nach dem anderen verzehrte.

»Ich möchte auch ein Stück Torte, Mama«, sagte er.

»Aber Ralf, du weißt doch, daß du die Sahne nicht verträgst, nimm lieber noch einen Keks.«

»Ich will aber ein Stück Torte.«

Marlenes und Berts Augen trafen sich. Bert nickte ihr fast unmerklich zu.

Ralf bekam sein Stück Torte. Und er aß auch noch ein zweites, während seine Augen bewundernd und aufmerksam an Peter hingen, der mit strahlendem Gesicht von ihrer aufregenden Flucht aus Polen erzählte.

»Wenn ihr wollt, könnt ihr bis zum Abendbrot noch mit Ralfs elektrischer Eisenbahn spielen«, sagte Marlene, als der Kaffeetisch geplündert war.

»Au fein!« rief Peter begeistert und sprang auf.

»Magst du mitspielen, Anne?« fragte Ralf.

»Ja, natürlich«, antwortete Anne und sie errötete, als sie den dankbaren Blick von Bert auffing.

»Die Kinder sind wirklich reizend«, sagte Marlene, als sie mit Bert allein war.

Sie stand auf, ging zum Fenster und sah hinaus in den Garten. »Ich wünschte, Ralf wäre auch so lebhaft.«

Ja, dachte Bert, und wessen Schuld ist es, daß er es nicht ist? Aber er schwieg.

»Was sind das für Leute, die die Kinder zu sich genommen haben?« fragte Marlene.

»Ein früherer Freund«, sagte Bert schnell. »Ich traf ihn zufällig in der Stadt. Wir hatten uns Jahre nicht mehr gesehen. Er erzählte mir von den Kindern, Waisen, die gerade aus Polen gekommen –«

»Das sagtest du schon«, Marlene wandte sich um. »Ich

meine aber, in was für Verhältnissen leben die Leute? Zwei Kinder sind immerhin eine Belastung.«

Bert zündete sich eine Zigarette an. Er wunderte sich, wie ruhig seine Hände waren. »Sie leben in normalen Verhältnissen – er ist Beamter.«

Marlene kam schnell zu ihm herüber, blieb dicht vor ihm stehen. »Was würdest du davon halten, wenn wir die Kinder zu uns nähmen?«

»Wir?« Bert starrte sie verblüfft an.

»Ja«, fuhr sie fort. »Warum nicht? Wir haben Platz genug – für Ralf wäre es sicherlich gut. Hast du gemerkt, er war heute nachmittag ganz anders als sonst. Zum erstenmal ein richtiges Kind...« Ihre Augen schimmerten naß. Ihre Stimme zitterte.

Für Eva wäre es eine Erleichterung, für die Kinder nur gut, dachte Bert.

»Ist das wirklich dein Ernst?« fragte er.

»Ja«, erwiderte sie.

»Wir könnten sie wenigstens so lange zu uns nehmen, bis ihr Onkel Hannes auftaucht, von dem der Junge erzählt hat.«

Vor der Tür des Salons stand Marlis und lauschte.

»Ich hätte nie gedacht, daß du so etwas tun könntest«, hörte sie ihren Vater sagen.

Sie zog die Mundwinkel herunter. Sie ballte ihre Hände zu Fäusten. Dieser Heuchler. Dabei waren das die Kinder von der blonden Hexe, mit der er durch die Gegend zog. Aber sie würde es ihm schon heimzahlen, darauf konnte er sich verlassen.

Sie huschte lautlos die Treppe hinauf.

Vor Ralfs Zimmer blieb sie sekundenlang stehen. Die fröhlichen Stimmen von Ralf und Peter und Anne drangen heraus.

Dann lief sie weiter in ihr Zimmer, schloß sich ein, warf sich auf ihr Bett. Sie mußte jetzt nachdenken, überlegen, einen Plan schmieden, wie sie das Lügengebäude ihres Vaters zerstören konnte. Sie dachte nicht daran, daß sie damit vielleicht auch die Kinder zerstören würde.

Was gingen sie diese Kinder überhaupt an? Sie dachte nur an sich. Sie war eifersüchtig und egoistisch.

6

Anne konnte nicht schlafen. Es war ihre letzte Nacht im Haus von Eva Gärtner. Morgen schon würde Onkel Bert sie abholen und in sein schönes Haus mitnehmen.

Warum sind sie alle so nett zu uns? dachte sie. Es kann doch nicht nur sein, weil wir Kinder sind.

Sie lauschte. Schritte kamen draußen im Flur die Treppe hinauf. Evas Schritte. Sie verhielten vor der Tür des Zimmers, in dem Anne und Peter einquartiert waren. Gingen dann weiter. Es waren müde Schritte, Anne hörte es genau.

Eva war die Freundin von Onkel Bert. Er hatte sie sicher lieb. Aber seine Frau, die hatte er auch lieb. Das merkte man doch. – Ich verstehe das nicht. Warum ist das so? dachte Anne. Erwachsene sind manchmal komisch.

Peter wälzte sich auf seiner Couch herum, er murmelte im Schlaf. »Der Vogelhaus« verstand Anne. Sie lächelte vor sich hin. Aber dann war sie gleich wieder ernst.

Sie konnte sich nicht so auf morgen freuen wie Peter. Warum das so war, wußte sie nicht genau, aber es lag wohl daran, daß sie immer noch nichts von Papi gehört hatten.

Anne lauschte wieder. Da war so ein sonderbares Geräusch. Es klang wie – wie Weinen. Ja, das war es, Tante Eva weinte.

Erstaunt setzte Anne sich auf. Warum weinte Tante Eva denn – weil sie fortgingen?

Anne wollte schon aufstehen und zu ihr hinübergehen, aber eine plötzliche Scheu hielt sie zurück.

Nein, Tante Eva war bestimmt nicht traurig darüber, daß sie weggingen. Peter war so oft frech gewesen. Er war manchmal nachts aufgestanden und hinunter in die Bar gelaufen, im Schlafanzug, aus purer Neugierde. Und auch sonst – Peter gehorchte überhaupt nicht mehr.

Anne kroch wieder unter die Decke. Das Weinen in dem anderen Zimmer verstummte. Sie sah zum Fenster hinüber, wo der blasse Morgen durch die Vorhänge kroch, und endlich schlief auch sie ein.

»Bist du traurig, daß wir fortgehen?« fragte Peter am nächsten Morgen. Er reckte sich auf die Zehenspitzen und schlang seine Arme um Eva. »Wir kommen dich aber bestimmt oft besuchen, ich verspreche es dir.«

»Natürlich«, antwortete Eva und fuhr ihm durch das kurze dunkle Haar. »Ihr kommt mich oft besuchen.«

Sie sah Anne an und dann Bert, der schon in der Haustür stand.

Er wich ihrem Blick aus. »Ich rufe dich in den nächsten Tagen an«, sagte er.

»Natürlich«, wiederholte Eva. Sie gab Anne die Hand. »Also dann, alles Gute ...«

»Danke«, sagte Anne, »vielen Dank, daß du so nett zu uns warst – und bitte ...« Sie verstummte. Sie drehte sich um und lief hinter Bert und Peter her, die schon beim Wagen waren.

»Wenn jetzt noch der Papi käme«, sagte Peter und kuschelte sich behaglich im Sitz des Wagens zurecht, »dann wäre alles prima. Oder wenigstens der Hannes – die können doch auch bei dir wohnen, in deinem großen Haus, nicht Onkel Bert?«

Ralf und Peter hockten am Rand des Schwimmbeckens im Garten und ließen die Beine baumeln. Sie starrten mit gerunzelten Stirnen nachdenklich auf die dünne Eisschicht, die das Wasser bedeckte.

»Guck mal«, sagte Peter, »man kann noch durch das Eis sehen. Das ist noch ganz dünn!«

»Och«, prahlte Ralf, »das ist bestimmt schon dick genug. Da kann man eine Rutschbahn drauf machen.«

»Nee«, Peter schüttelte den Kopf, »lieber nicht. Wenn das Eis kracht, fallen wir ins Wasser und werden naß.«

»Du bist dumm«, sagte Ralf. »Das ist doch nicht schlimm.«

»Doch.« Peter bohrte in der Nase. »Dann schimpft meine Schwester. Sie hat gesagt, ich muß hier ganz prima brav sein.«

»Du hast ja nur Angst«, behauptete Ralf. »Guck mal.« Er glitt vom Rand des Beckens herunter, setzte vorsichtig die Füße auf die dünne Eisdecke.

»Komm doch, du Angsthase!« rief Ralf. »Es ist prima!« Er schlidderte vorwärts zur Mitte des Beckens. »Das Eis ist so dick.«

Peter glitt ebenfalls vom Rand des Beckens herunter auf die Eisfläche.

In diesem Augenblick gab es ein knackendes Geräuch. Ein Sprung durchlief das Eis, bis zu Ralf.

Peter sah noch sein erstauntes Gesicht und wie er die Hände in die Luft warf. Dann war da, wo er gestanden hatte, in der Eisdecke ein großes rundes Loch.

»Ralf!« Es knirschte auch unter Peters Füßen. Er hielt sich schnell am Beckenrand fest.

Vorne, wo das Loch im Eis war, kam jetzt Ralfs Kopf hoch, mit weitaufgerissenem Mund, tauchte wieder unter. Das sah komisch aus. Peter mußte laut lachen.

Aber dann war es plötzlich gar nicht mehr lustig.

Ralf tauchte wieder auf. Er versuchte, sich an den Eisrändern festzuhalten, rutschte ab, das Eis brach unter seinen Händen, das Loch wurde immer größer.

»Warte, ich komme!« rief Peter. Ein gurgelndes, japsendes Stöhnen war die Antwort.

Peter sprang auf den Rand des Schwimmbeckens, lief

hinüber zum Gartenhaus. Da war doch eine lange Stange, eine Bohnenstange. Er hatte sie noch am Morgen gesehen.

Er fand die Stange, zog und schleppte sie über den Weg zum Schwimmbecken. Er keuchte vor Anstrengung, aber er schaffte es. Er warf sich auf die steinerne Einfassung des Beckens, schob die Stange vor, dahin, wo Ralf, vor sich hinwimmernd, in dem Loch hing.

»Halt dich an der Stange fest«, schrie Peter.

Ralf schlug um sich, die Stange rutschte von ihm fort.

»Festhalten!« rief Peter.

Endlich hatte der Junge die Stange gepackt.

»Los, du mußt dich hochziehen, los«, feuerte Peter ihn an.

Ralf zog sich mit steifen Fingern an der Stange hoch, war endlich wieder auf dem Eis.

Er kroch vorwärts, langsam, ganz langsam, und endlich hatte er den Rand des Beckens erreicht.

Peter griff mit beiden Händen nach ihm. Ralf war leicht, und Peter konnte ihn neben sich auf die Steinplatten ziehen.

Ralf schluchzte jetzt vor sich hin.

»Siehst du, du bist doof. Das Eis war gar nicht fest genug«, schimpfte Peter.

»Ich will zur Mama«, heulte Ralf, »ich will zur Mama!«

Der Versuch, Peter seinen Mut zu beweisen, war kläglich und im wahrsten Sinne des Wortes ins Wasser gefallen.

»Wenn du magst, nehmen wir den Kaffee im Salon«, sagte Marlene und tupfte ihre Lippen mit der Serviette ab.

»Gern«, sagte Bert. Er trat hinter den Stuhl seiner Frau.

»Du bleibst heute zu Hause, Papa?« fragte Marlis mit ihrer spöttischen Stimme und erhob sich ebenfalls.

»Das gleiche könnte ich dich fragen«, sagte Bert.

»Bitte«, Marlene hob die Hände an die Schläfen. »Streitet euch nicht – ich habe heute genug Aufregung mit den Jungen gehabt.«

Sie ging ihnen voran in den Salon. Ihr dunkelviolettes Taftkleid knisterte leise um ihre schlanken Beine.

Bert ließ seiner Tochter den Vortritt. Sie quittierte es mit einem spöttischen Kopfnicken.

Dann saßen sie vor dem Kamin im Salon. Das Mädchen servierte mit geschulten Bewegungen den Kaffee und verließ den Raum mit einem leise gemurmelten »Gute Nacht«.

»Wenn ich noch an heute nachmittag denke«, seufzte Marlene. »Es war furchtbar, Bert, du kannst es mir glauben.«

»Wenn Ralf nicht schon durch den Schrecken genug gestraft wäre, hätte ich ihm eine gehörige Tracht Prügel gegeben«, sagte Bert. »Dabei hat Peter ihn noch gewarnt.«

»Du mußt für Peter etwas Hübsches aus der Stadt mitbringen. Er hat eine Belohnung verdient. Mein Gott, was wäre passiert, wenn Ralf allein gewesen wäre... ich darf gar nicht daran denken.«

Marlis schwieg. Sie saß reglos da und ließ den Blick ihrer schwarzen Augen zwischen ihren Eltern hin und her gehen.

»Peter hat sich wirklich großartig benommen«, sagte Bert.

Er stand auf. »Ich hol' mir nur gerade meine Zigarren aus der Bibliothek.«

»Dann schau doch bitte mal zu den Kindern rein, ja?« bat Marlene. »Vielleicht hat Ralf doch Fieber.«

»Ja, gern«, sagte Bert und ging nach draußen.

»Jetzt ruft er sie bestimmt an«, zischte Marlis.

Marlene fuhr herum. »Wen?«

»Diese blonde Hexe.«

»Sei still«, befahl ihre Mutter. »Siehst du nicht, wie froh ich bin, daß dein Vater...« Sie verstummte, griff nach der Kaffeekanne, goß sich ein, trank.

»Er ruft sie bestimmt an«, flüsterte Marlis hartnäckig.

»Ich verbiete dir jetzt zum letztenmal, davon zu sprechen«, sagte Marlene ruhig. »Das ist vorbei. Ich weiß es.«

Bert kam zurück. »Die Jungen schlafen fest. Alles in Ordnung«, sagte er, setzte sich in seinen Sessel und streckte die Beine gegen das Kaminfeuer aus. »Aber was macht ihr denn für Gesichter?«

»Ich habe Mama gerade erklärt, daß ich nicht glaube, daß Ralf von allein aufs Eis gegangen ist. Dieser Peter wird ihn dazu angestachelt haben.« Marlis verzog spöttisch ihren Mund. »Wir wissen doch alle, wie wasserscheu Ralf ist.«

Bert blickte von seiner Zigarre auf, die er gerade anzündete. »Du solltest dich schämen, so etwas zu sagen. Peter hat deinem Bruder das Leben gerettet.«

»Du hältst ja große Stücke auf deinen Peter«, sagte Marlis aufgebracht. »Er ist dir wohl lieber als deine eigenen Kinder!«

»Marlis, bitte!« Marlene blickte ihren Mann hilflos an. »Bitte, wir wollen doch nicht streiten.«

»Nein«, sagte Bert, »das wollen wir nicht.«

Er wandte seinen Kopf und sah Marlis scharf an. »Du gehst jetzt auf dein Zimmer. Aber merke dir, eines Tages werde ich schon herausbekommen, was mit dir los ist und warum du mich so haßt. Hoffentlich hast du einen vernünftigen Grund dafür!«

»Dann such mal schön«, sagte Marlis. Sie stand auf und verließ das Zimmer.

Bert rauchte, starrte ins Feuer.

Marlene rieb ihre Arme, als friere sie. »Manchmal macht sie mir Angst.«

»Ich habe schon oft darüber nachgedacht«, sagte Bert. »Daß ich ihr, als sie fünfzehn war, verbot, diesen Schnösel aus Düsseldorf wiederzusehen, daß ich ihr auf die Schliche kam, als sie mit ihm ausreißen wollte, daran kann es nicht liegen. Das hat sie längst vergessen.«

»Ich glaube, ich weiß, wann es angefangen hat«, sagte Marlene leise.

Bert sah sie an. »Du weißt es?«

»Ja.« Marlene senkte den Kopf und sah auf ihre schmalen Hände, deren Haut sich zu runzeln begann. »Marlis muß zehn oder elf gewesen sein. Wir hatten damals einen ziemlichen Streit – erinnerst du dich? Es war – es war meine Eifersucht. Sie war unbegründet, aber ich wollte es nicht wahrhaben. Ich habe dich beschuldigt, und sie, Marlis, hat es mit angehört. Bis dahin hatte sie dich vergöttert, ich habe es zerstört. Ich habe auch nachher noch einiges getan, damit sie dich nicht wieder so lieben sollte. Ich – ich wollte die Kinder für mich haben, ganz für mich, wenn ich dich schon nicht haben konnte.« Sie verstummte, saß reglos da, starrte auf ihre Hände.

Es war sehr still. Nur die Holzscheite im Kamin knisterten. Bert drehte die Zigarre zwischen Daumen und Zeigefinger. Er blickte dem Rauch nach, der in einer dünnen Spirale aufstieg.

»Wir haben beide Schuld, wir haben beide vieles falsch gemacht«, sagte er dann. »Aber ich glaube, wir haben jetzt endlich damit aufgehört. Als ich mit den Kindern kam, mit Anne und Peter, und als du sie ganz selbstverständlich, so als kenntest du sie schon seit eh und je, aufnahmst, da habe ich gewußt, es wieder gewußt, daß ich dich liebe. Ich habe es oft vergessen, das gebe ich zu – und du weißt es ja auch. Aber jetzt werde ich es nie mehr vergessen.«

Er blickte seine Frau an. Ihr Lächeln war wehmütig und hoffnungsvoll zugleich.

»Da mußten diese beiden Kinder kommen, um uns zu zeigen, was mit uns los ist«, sagte sie leise und schüttelte den Kopf. »Aber es ist gut so. Vielleicht sollten wir jetzt auch etwas tun, um uns gegen das Schicksal dankbar zu erweisen? Was hieltest du davon, wenn wir die Kinder adoptieren?«

»Adoptieren?« wiederholte Bert.

»Ja, warum nicht? Das Haus ist groß genug. Es sind brave Kinder, und du – du wolltest doch immer viele Kinder haben«

»Die Idee gefällt mir ausgezeichnet«, sagte Bert, »ganz ausgezeichnet.«

Marlene lachte leise.

Marlis blieb in der Eingangstür der Bar stehen. Hinter der Theke leuchtete Evas Haar silbern im Schein der Lampe.

Marlis spürte, wie sich ihre Kehle zusammenzog. Dann stakste sie mit ihren langen Beinen arrogant durch den Raum. Die Augen der Männer folgten ihr. Sie übersah es. Sie setzte sich auf den einzigen freien Barhocker.

Sie spürte Evas verwunderten Blick auf ihrem Gesicht. Sie wandte den Kopf. »Einen Martini«, sagte sie.

»Gern.« Eva mixte den Martini.

Marlis starrte auf ihre Hände. Sie sah, daß Eva nervös war. Es erfüllte sie mit Befriedigung.

Das Klavier in der Ecke begann zu klimpern. Der Baß nahm die Melodie auf, dann fiel das Saxophon ein.

Die Theke, die Tische leerten sich. Die Paare tanzten.

»Mein Vater kommt nicht mehr«, sagte Marlis.

Evas Kopf fuhr hoch. Die Augen der Frau und des Mädchens begegneten sich, die einen überrascht, unsicher, die anderen kalt, schwarz wie glitzernde Kiesel.

»Das haben die lieben Kinderchen fertiggebracht«, sagte Marlis. »Sie haben meinen Vater heim zur Familie geholt.«

»Ich weiß nicht, wovon Sie sprechen!«

»Das wissen sie sehr gut«, antwortete Marlis. »Und Sie werden es noch besser wissen, wenn Sie erfahren, warum ich gekommen bin.«

»Warum sind Sie gekommen?«

»Ich will wissen, wer der Vater der Kinder ist.«

»Ihr Vater bestimmt nicht«, sagte Eva kühl.

»Das weiß ich.«

»Also?«

»Ich will wissen, wer ihr Vater ist«, beharrte Marlis.

»Von mir erfahren Sie es nicht«, sagte Eva. »Trinken Sie

ihren Martini und gehen Sie. Sie passen sowieso nicht hierher.«

»Mein Vater paßte aber hierher, nicht wahr?« Marlis rutschte vom Barhocker. Sie hatte ihr Glas nicht angerührt. Sie drängte sich an den Paaren vorbei zurück zur Tür.

Eva blickte ihr nach, sah, wie sie mit Thomas, dem Kellner, sprach. Dann war sie verschwunden. Eva atmete auf.

Marlis hatte erfahren, wer der Vater von Anne und Peter war. Ein Zwanzigmarkschein hatte dazu seinen Besitzer gewechselt. Sie wußte auch, daß Werner Hartmann tot war.

Solange sie in ihrem Haß gegen den Vater ihre Mutter als Verbündete gehabt hatte, war es gut gewesen. Jetzt, da sie allein dastand mit diesem Haß, richtete er sich gegen die Kinder, die ihren Vater zur Mutter zurückgeführt hatten.

Anne stand im Badezimmer vor dem Waschbecken und putzte ihre Zähne. Plötzlich wurde hinter ihr die Tür aufgerissen. Im Spiegel sah Anne, daß es Marlis war.

Sie drehte sich um.

»Bist du noch nicht fertig? Beeil dich, los«, sagte Marlis. »Ich will duschen.«

»Ich bin sofort fertig.« Anne wusch ihre Zahnbürste aus, stellte sie ins Glas auf die Platte über dem Becken zurück.

Marlis trat neben sie vor den Spiegel, riß Watte aus dem Plastikbehälter, rieb sich den Lippenstift ab.

»Was machst du eigentlich noch hier? Immer wenn man ins Bad will, ist einer von euch drin.« Sie funkelte Anne mit ihren schwarzen Augen an.

»Entschuldige bitte«, sagte Anne.

»Ach, geh schon.«

Aber Anne blieb stehen. »Ich weiß ja, daß du uns nicht magst.« Sie sah Marlis furchtlos an. »Aber wir bleiben ja auch nicht lange hier. Wenn erst mein Vater –«

»Dein Vater!« Marlis warf die Watte, die sie benutzt hatte, ins Waschbecken. »Auf den brauchst du nicht zu warten!«

Mitleid? Marlis spürte kein Mitleid mit dem jüngeren Mädchen. Sie packte Anne bei beiden Armen. »Weißt du, was mit deinem Vater ist? Er ist tot, damit du's nur weißt. Sie haben es euch bloß nicht gesagt, weil ihr ihnen leid tatet! Pah – aber du bist alt genug, um es zu wissen. Ja, ja! Starr mich nicht so an. Es stimmt!« Sie zog Anne zu sich heran. »Aber wenn du glaubst, daß mein Vater jetzt dein Vater wird, dann hast du dich geirrt. Darauf kannst du dich verlassen. Da werd' ich schon für sorgen!«

»Laß mich los, bitte.«

»Da, geh doch schon!« Marlis stieß Anne von sich.

Anne stand sekundenlang reglos. »Das ist nicht wahr«, flüsterte sie.

Marlis gab ihr keine Antwort. Sie begann sich auszuziehen, als sei das jüngere Mädchen gar nicht mehr da.

Da lief Anne aus dem Bad. Sie weinte nicht, dafür war der Schlag zu plötzlich gekommen. Sie dachte nur, es ist nicht wahr, es kann nicht wahr sein.

Anne und Peter saßen hinter dem Gartenhaus im Schutz der Laubenhecke. Schnee und Regen rieselten dünn aus grauen Wolken.

Peter schlug sich mit der flachen Hand aufs Knie. »Ich glaub' das nicht«, sagte er. »Die Marlis lügt bestimmt. Ralf sagt, Marlis lügt immer, man darf ihr gar nichts glauben.«

»Ich habe es gewußt«, flüsterte Anne. »Gleich als wir bei Tante Eva waren, habe ich gewußt, daß wir niemals zum Papi kommen werden.«

»Guck mal, so schlimm ist das vielleicht gar nicht, der Onkel Bert ist doch prima, und Hannes kommt bestimmt auch bald.«

»Du kannst dich eben nicht an den Papi erinnern«, schluchzte Anne. »Er war immer so lieb zu uns. Er hat uns so liebgehabt.«

Peter rückte nahe an Anne heran, blickte sie eindringlich an. »Hast du den Papi so doll liebgehabt?«

Anne nickte.

»Hast du den Papi so liebgehabt wie mich oder wie ich dich?«

»Ja«, flüsterte Anne.

»Peter, Anne – essen kommen«, rief die Stimme des Mädchens vom Haus.

Die beiden Kinder standen auf.

»Hier, nimm mein Taschentuch«, sagte Peter. »Deins ist ja schon ganz naß.«

Dann lief er vor Anne her, mit gesenktem Kopf, die Stirn in nachdenkliche Falten gelegt.

Hannes beugte sich weit aus dem Zugfenster. Der Schneeregen nässte sein Gesicht.

Der Zug donnerte über die Brücke, unten rollten grau und schwer die Fluten des Rheins. Drüben, auf der anderen Seite, hoben sich die Türme des Doms schwarz gegen den dunstgrauen Nachmittagshimmel ab.

Zu Hause, dachte Hannes. Endlich wirklich in der Heimat. Sein Herz schlug so laut, daß er meinte, die Leute neben ihm im Abteildurchgang müßten es hören.

Wie lang war ihm die Zeit vorgekommen in der Grenzkontrollstelle: die nochmalige Vernehmung; der Bauer Köster hatte für ihn ausgesagt; die Nachforschungen ergaben, daß die Kinder im Westen waren, vielleicht schon in Köln. Zwei Tage Friedland: die Beschaffung seiner Papiere und Westgeld; und endlich der Augenblick, als er im Zug saß – in Richtung Köln.

Jetzt war all das vorbei.

Der Zug rollte dumpf in die Bahnhofshalle ein.

»Köln – Hauptbahnhof«, dröhnte es über den Lautsprecher.

Hannes drängte sich an den Reisenden vorbei durch den schmalen Gang nach draußen. Er ging schnell über den Bahnsteig, tauchte in die Unterführung.

Dann stand er auf dem Bahnhofsvorplatz.

Lichter, Neonreklamen, Verkehr, hastende Menschen – die Geräusche gedämpft im grauen Winterdunst.

Hannes ging zu der Straßenbahnhaltestelle hinüber. Der Fahrplan gab ihm keinen Hinweis, wie er zur Weberstraße kommen konnte. Er fragte einen der Wartenden.

»Zur Weberstraße, das ist unten am Rhein«, sagte der Mann, »da nehmen Sie besser ein Taxi.« Er wies zum Droschkenparkplatz hinüber.

»Danke.« Hannes überquerte die Straße.

Er stieg in das erste Taxi. »Zur Weberstraße.«

Der Taxifahrer zog den Wagen aus der Parkreihe, gab Gas.

Hannes ließ das Bild der Stadt an sich vorüberrollen. Es war anders, ganz anders, als er es aus seinen Kindheitserinnerungen kannte. Trümmergrundstücke zwischen hochaufgeschossenen Glaspalästen, Buden zwischen riesigen Versicherungsgebäuden.

Zu Hause, dachte er, in Westdeutschland, in der Heimat.

Jetzt noch die Kinder wiederfinden und Werner Hartmann, und dann ein neues Leben beginnen, in einem neuen, alten Land – in der Heimat.

»Wir sind da«, sagte der Taxichauffeur. Der Wagen hielt. Die Taxiuhr klickte auf Aus.

Hannes bezahlte, sprang aus dem Wagen.

Es erging ihm so wie den Kindern – er war verblüfft. Hier, in dieser Straße, sollte Werner Hartmann leben, wo eine Kneipe neben der anderen war?

Das Haus Nr. 25.

Hannes klingelte. Licht ging im Flur an. Schritte kamen die Treppe herunter.

Die Tür wurde geöffnet. Eine schlanke junge Frau mit silberblondem Haar stand vor ihm.

»Guten Abend«, sagte Hannes, »mein Name ist Maurer, Hannes Maurer, ich möchte zu Herrn Hartmann.«

Er sah das Erstaunen in ihrem Gesicht und dann so etwas wie Erleichterung.

Eva streckte ihm ihre Hand hin. »Ich bin Eva Gärtner. Ich bin froh, daß Sie endlich kommen. Bitte –«, sie ließ ihn eintreten, ging ihm voran, die Treppe hinauf.

»Bitte, nehmen Sie doch Platz«, sagte Eva. Sie schaltete die Deckenbeleuchtung des Zimmers ein.

Er setzte sich in einen der Sessel vor der Couch.

»Sie wollen natürlich zuerst einmal wissen, wo Peter und Anne sind?« fragte Eva. Sie ging zum Schrank, holte eine Cognacflasche, trug sie zum Couchtisch, füllte zwei Gläser. Sie hob ihr Glas, sagte aber nichts. Sie tranken.

»Anne und Peter sind bei einem Bekannten.« Sie setzte sich Hannes gegenüber, strich ihren engen blauen Rock über den Knien glatt.

»Wieso?«

»Sie müssen wissen, daß – daß Werner Hartmann tot ist«, fuhr Eva fort. »Ich behielt die Kinder zuerst bei mir. Aber dann meinte Bert – ich meine Herr Merten –, es sei besser, wenn sie aus dieser Umgebung herauskämen. Nun ja, ich habe die Bar unten ...« Sie verstummte, sah Hannes an. Sein Gesicht war blaß. Die Augen wirkten plötzlich müde und alt.

»Ich bin froh, daß ich es Ihnen sofort gesagt habe, das mit Werner Hartmann. Bei den Kindern hatte ich nicht den Mut – sie wissen es bis heute nicht.«

»Wann ist es passiert?« fragte Hannes. Seine Worte kamen nur mühsam.

»Im letzten Oktober.«

»Sie schrieben damals seiner Schwiegermutter?«

»Ja.«

»Ich verstehe«, sagte Hannes. Er stand auf. »Wo finde ich die Kinder?«

»Warten Sie.« Eva griff nach dem Telefon. Sie wählte eine Nummer, mußte warten, ließ sich dann mit Bert verbinden.

»Herr Maurer ist hier«, sagte sie. – »Er soll zu dir kommen? Ja, es ist gut, ins Werk, ja, ich sage es ihm ... Bis dann, Bert.« Sie legte auf.

»Sie möchten bitte zu ihm ins Werk kommen. Es ist in Köln-Sülz, Südstraße. Wenn Sie wollen, kann ich Ihnen ein Taxi –«

»Nein, danke«, unterbrach Hannes sie. Er ging zur Tür.

Eva war aufgestanden. »Herr Maurer?«

»Ja?« Er wandte sich um.

»Wollen Sie –«, sie hob hilflos die Hand. »Es ist schon gut.«

Hannes ging, stand wieder unten auf der Straße. Mit zitternden Händen zündete er sich eine Zigarette an. Ging dann in die Richtung, aus der er vor zehn Minuten mit dem Taxi gekommen war.

So war das also. Werner Hartmann war tot. Er sprach den Satz vor sich hin, aber er ergab keinen Sinn. Hannes spürte nichts. Der Schlag war zu plötzlich gekommen.

Und über die Kinder hatte man einfach verfügt. Diese Frau hatte sie zu einem Bekannten gegeben – aus dem Milieu heraus, wissen Sie...

Seine Lippen wurden schmal. Sie hatten noch nicht einmal versucht, ihn ausfindig zu machen. Schließlich mußten die Kinder doch von ihm erzählt haben.

Er warf die Zigarette fort. Sie verzischte im Sud der Gosse.

Am Dom bekam er ein freies Taxi, ließ sich nach Köln-Sülz fahren, zur Südstraße.

Die Firma Bertram Merten »Neoplast« war ein moderner, langgestreckter Ziegelbau. Hinter den großen Glasfenstern brannte bläuliches Licht. Die Putzfrauen waren schon am Werk.

Der Nachtportier wies Hannes zum Aufzug. Er fuhr zum ersten Stock hoch, schritt durch einen blauausgelegten Flur.

Als er an die Tür mit der Aufschrift »Direktion« klopfte, näherten sich innen Schritte. Die Tür wurde geöffnet. Er sah sich einem großen Mann mit energischem Gesicht gegenüber.

»Herr Maurer?« Ein fester Händedruck. »Kommen Sie herein.«

Hannes trat ein.

»Setzen Sie sich doch.« Bert wies auf einen der mit blauem Leder überzogenen Sessel.

Hannes blieb stehen.

»Wo sind die Kinder?«

»Hier nicht, Herr Maurer, aber bei mir zu Hause.«

»Wie kommen Sie dazu, die Kinder zu sich zu nehmen?«

Bert, der zu seinem Schreibtisch gegangen war, wandte sich um. »Hat Frau Gärtner Ihnen das nicht erzählt?«

»Sie hat mir nur gesagt, daß die Kinder nicht in ihre Umgebung gepaßt hätten – das ist alles.«

»Das ist nicht alles«, sagte Bert, »bitte, nehmen Sie Platz. Wir wollen doch in Ruhe alles besprechen, ja?«

Hannes setzte sich auf die Kante des Sessels, als müsse er jeden Augenblick bereit sein, wieder aufzuspringen.

Bert stützte sich leicht mit der rechten Hand auf den Schreibtisch. »Herr Maurer, Sie haben inzwischen von Frau Gärtner erfahren, daß Werner Hartmann nicht mehr lebt, vielleicht keine Einzelheiten darüber, aber dazu ist immer noch Zeit genug. Die Kinder wissen nichts davon, weil sie Kinder sind. Wir wollten Ihr Kommen abwarten. Ich habe die Kinder inzwischen auf Wunsch meiner Frau zu mir genommen. Wir haben ein großes Haus. Die Kinder sind uns willkommene Gäste. Wir haben sogar daran gedacht, sie zu adoptieren.«

»Zu adoptieren?« fragte Hannes verblüfft.

»Ja, wir wußten ja nicht, was aus Ihnen geworden war. Übrigens, wir werden die Kinder auch gern jetzt noch, nachdem Sie hier sind, bei uns behalten. Ich nehme an, Sie müssen sich erst einmal eine Existenz aufbauen, und bis dahin – Aber Sie hören mir ja gar nicht zu«, unterbrach Bert sich selbst.

»Ich möchte jetzt so schnell wie möglich zu Anne und Peter«, sagte Hannes.

In diesem Augenblick klingelte das Telefon.

Bert nahm den Hörer ab.

»Ach, Marlene, ich habe eine freudige Überraschung –«, er verstummte. Hannes sah, wie sich plötzlich sein Gesicht veränderte.

»Was?« fragte Bert. »Das ist doch nicht möglich. Ja, ich komme sofort – ja, Herr Maurer ist gerade hier eingetroffen. Wir kommen sofort.« Er warf den Hörer auf die Gabel.

Hannes war aufgesprungen. »Was ist los?« stieß er hervor. »Ist was mit den Kindern?«

Bert fuhr sich mit der Hand übers Gesicht.

»Peter ist verschwunden.«

Der Wagen schoß mit aufgeblendeten Scheinwerfern über die Autobahn. Bert umklammerte das Lenkrad fest mit beiden Händen.

Neben ihm hockte Hannes, weit vorgebeugt, starrte in das Dunkel, das ein einziges Spiel weißer und schwarzer Blitze war, wenn auf der Gegenbahn die Wagen vorbeizischten.

»Warum ist Peter nur weggelaufen?« stieß Merten hervor. »Ich verstehe es nicht. Der Junge hatte es doch gut bei uns. Wir haben alles getan...«

»Wann sind wir da?« fragte Hannes.

»Gleich.« Merten zog den Wagen in die lange Kurve der Abfahrt, war dann auf der Landstraße, bog in den Tannenweg ein, brauste durch das geöffnete Gartentor direkt vors Haus.

Die beiden Männer sprangen aus dem Wagen.

Die Haustür öffnete sich. Marlene stand da, das Gesicht bleich im Licht der Türampel.

»Etwas Neues?« fragte Bert. Marlene schüttelte den Kopf. Ihr Blick fiel auf Hannes. Sie streckte die Hand aus. »Herr Maurer, treten Sie doch ein.«

Im Haus war es still, nur ein leises Weinen war zu hören.

»Wo ist Anuschka?« fragte Hannes. Es war das erste, was er sagte.

»Oben. Ich hole sie.« Marlene lief die Treppe hinauf.

»Kommen Sie.« Bert führte Hannes in die Bibliothek.

Gleich darauf hallten draußen schnelle Schritte, klapperten über die Treppe nach unten.

Anne flog ins Zimmer, fiel Hannes um den Hals, klammerte sich an ihn, als wollte sie ihn nie wieder loslassen.

»Anuschka«, flüsterte Hannes, »Anuschka.«

Dann schob er sie von sich. »Wie ist es passiert? Wann ist Peter fortgelaufen?«

Anne schluckte, holte tief Atem. »Heute nachmittag.«

Ihr Blick wanderte verstört von Hannes zu Bert und Marlene. »Ich – ich ging auf mein Zimmer, weil es doch zu regnen anfing. Ralf schlief noch, und Peter wollte unbedingt in den Garten. Ich hab' gesagt, er soll bei mir bleiben, aber er wollte nicht. Er wollte zum Vogelhaus. Und dann – dann hab' ich gelesen, und plötzlich war es Abend und Marlis ist gekommen und hat gesagt, der Peter ist weg.«

Sie begann wieder leise zu schluchzen.

»Marlis?« fragte Bert.

Anne nickte stumm.

Bert und Marlene sahen sich an. Die Frau zuckte resigniert die Schultern. Sie ging zum Schreibtisch, nahm einen Fetzen Papier auf. »Hier, das hat Marlis auf der Kommode in der Diele gefunden.«

Bert las: »Isch ge weg – isch such papi, peter!!« Er gab den Zettel stumm an Hannes weiter.

»Peter glaubt eben nicht, daß Vater tot ist«, sagte Anne leise.

Bert fuhr herum. »Woher weißt du es?«

»Ich – ich weiß es eben.« Anne preßte die Lippen aufeinander. Ihr Gesicht war plötzlich verschlossen.

»Wer hat euch –«

»Laß das Kind doch«, unterbrach Marlene ihren Mann und legte ihre Arme um Anne.

Bert sah Anne prüfend an, dann wandte er sich wieder an seine Frau. »Was hast du bisher unternommen?«

»Ich habe dich sofort angerufen. Wir haben natürlich schon den Garten abgesucht und die Umgebung. Aber ich wollte mit allem anderen warten, bis du kommst.« Sie sah hilflos von einem der Männer zum anderen. »Was sollen wir jetzt tun?«

Hannes legte den Brief aus der Hand. »Wir müssen die Polizei benachrichtigen, und zwar sofort.«

»Marlene, würdest du Anne nach oben bringen?« bat Bert.

Das Mädchen hob den Kopf. »Aber ich, bitte –«

»Anne, geh schön mit Tante Marlene nach oben«, sagte Bert. »Wir rufen dich ganz bestimmt, wenn wir etwas von Peter erfahren. Ich verspreche es dir.«

Er strich ihr übers Haar. Das winzige zitternde, vertrauensvolle Lächeln, das über ihr Gesicht huschte, schnitt ihm ins Herz.

Marlene brachte sie nach oben.

Bert nahm den Telefonhörer auf, wählte Eva Gärtners Nummer.

»Bert, du?« kam ihre Stimme erstaunt.

»Ja«, sagte er. »Peter ist verschwunden. Ich wollte fragen, ob er vielleicht bei dir aufgetaucht ist?«

Er hörte, wie sie den Atem anhielt.

»Nein«, sagte sie dann, »und ich war immer zu Hause. Wann ist er weggelaufen, und warum? Ist denn Maurer nicht bei dir?«

»Doch«, sagte Bert, »aber das hilft uns im Augenblick nichts. Peter ist seit heute nachmittag verschwunden, um seinen Vater zu suchen. Wenn er bei dir auftaucht, ruf uns sofort an, ja?«

»Ja, natürlich, Bert.«

»Danke.« Er legte auf.

»Bei Frau Gärtner ist er nicht?« fragte Hannes. »Dann müssen wir die Polizei –«

»Nein.« Bert zündete sich eine Zigarette an. »Kommen Sie, wir fahren erst einmal die Umgebung ab. Vielleicht haben wir Glück.«

Die Autobahn glitzerte weiß im Licht der tausend Scheinwerfer.

An ihrem Rande, in den Büschen, wanderte Peter langsam vorwärts, schleppte seine Füße schon müde nach. So weit hatte er es sich gar nicht vorgestellt. Als sie mit dem Auto gefahren waren, war es doch nur ein ganz kurzer Weg gewesen.

Er blieb stehen, kratzte sich nachdenklich die Stirn. Ob er überhaupt so nach Köln kam? Da mußte er hin, auf jeden Fall! Er schob die Unterlippe vor.

Entschlossen turnte er durch die Büsche aus dem Dunkel auf die Fahrbahn. Kreideweiße Lichter schossen auf ihn zu. Er hob geblendet die Hände an die Augen.

Der Wagen scherte kurz vor ihm nach links aus, schlidderte wieder nach rechts, kam mit kreischenden Bremsen zum Stehen.

Dahinter fuhr hupend ein zweiter Wagen heran, kam gerade noch vorbei.

Aus dem Auto, das angehalten hatte, sprang ein Mann. »He du!« Er packte Peter beim Arm, riß ihn zur Seite.

Andere Wagen brausten heran. Der Mann zog Peter mit ins Auto.

»Bist du verrückt geworden? Was machst du denn hier auf der Autobahn? Weißt du nicht, daß das verboten ist?«

»Nee«, sagte Peter, »weiß ich nicht!« Er sah den Mann trotzig an.

»Ist ja unverantwortlich!« schimpfte der Mann. Der Schreck saß ihm noch in den Gliedern. Er startete den Wagen, fuhr vorsichtig weiter.

»Man sollte dir eine runterhauen«, knurrte er, »so ein Unverstand, hier herumzulaufen! Wie kommst du überhaupt auf die Autobahn?«

»Durch den Wald – ich bin mich aus Köln verlaufen«, stotterte Peter.

Der Mann warf ihm einen schnellen Blick zu. »Du bist wohl nicht richtig im Kopf, was? Wir sind noch fünf Kilometer von Köln entfernt.«

Peter antwortete nicht. Er überlegte krampfhaft. Sollte er dem Mann sagen, daß er weggelaufen war von Onkel Bert, um den Papi zu suchen? Nein, lieber nicht! Der Mann würde ihn sonst noch zurückbringen. »Ich wohne in Köln am Rhein«, sagte er. »Nimmst du mich mit bis da?«

»Werd' ich wohl müssen«, brummte der Mann, »hier kann ich dich sowieso nicht raussetzen.«

Der Junge kam ihm komisch vor. Aber er hatte keine Zeit und Lust, sich weiter mit ihm zu befassen.

In Köln an der Severinsbrücke verlangte Peter, auszusteigen.

Der Mann hielt, öffnete ihm die Wagentür.

Peter schlüpfte hinaus, lief schnell davon, erleichtert, daß der Mann nichts weiter gefragt hatte.

Hier unten am Rhein kannte er sich ein bißchen aus. Es war zwar alles ganz anders als bei Tage: Da waren so viele Lichter, und doch waren die schmalen Gäßchen und Straßen dunkel. Aber hinter den Häusern sah er die wuchtigen Türme des Doms, und solange er die sah, fühlte er sich nicht fremd.

Die Nacht mit ihren blitzenden Neonreklamen, den lackglitzernden Wagen, dem dumpfen Gurgeln des Flusses nahm Peter gefangen. Es war ein bißchen so, als wenn er träumte. Er streifte neugierig durch die Straßen, blieb vor den hellen, verlockenden Geschäftsauslagen stehen, bewunderte mit kindlichen Augen eine Plastik und chromblitzende Campingausrüstung, lief umher – ein kleiner staunender Junge allein in einer großen nächtlichen Stadt.

Seine Gedanken sprangen wie Irrwische hin und her, er vergaß fast sein Ziel, weswegen er nach Köln zurückgekommen war.

Bert hatte die Polizei benachrichtigt.

Der Wachtmeister auf der Außenstelle II nahm die Vermißtenmeldung auf. Der Fernschreiber tickerte sie an die anderen Reviere weiter.

Zwei Beamte durchstreiften bereits die nähere Umgebung des Mertenschen Hauses mit ihrem Suchhund.

Der Schäferhund nahm die Spur auf. Sie führte quer durch das angrenzende Waldstück auf die Autobahn zu, lief etwa zwei Kilometer an ihr entlang, hörte dann plötzlich auf.

Merten bekam die Meldung hierüber eine Viertelstunde später. »Der Junge ist durch den Wald zur Autobahn gelaufen, dort hört die Spur auf.«

»Ist – glauben Sie, daß ein Unfall passiert ist?« fragte Bert.

»Bisher liegt keine Meldung vor. Es ist anzunehmen, daß der Junge von einem Wagen mitgenommen wurde. Wir haben die Fahndung nach Köln-Stadt weitergegeben.«

»Bitte unterrichten Sie uns, wenn Sie wieder etwas hören.« Merten legte den Hörer auf.

Er wandte sich Marlene und Hannes zu, die neben ihm am Schreibtisch in der Bibliothek standen.

»Ich mache mir solche Vorwürfe, daß ich die Kinder allein gelassen habe«, sagte Marlene leise. »Ich hätte sie in die Stadt mitnehmen sollen.«

»Aber das konntest du doch nicht ahnen«, erwiderte Bert, »bitte, du darfst dir keine Vorwürfe machen. Was mich betrifft – ich möchte vor allem wissen, wie die Kinder erfahren haben, daß ihr Vater tot ist.«

»Anne will es nicht sagen.« Marlene hob hilflos die Hände. »Ich wollte sie auch nicht zwingen. Sie ist so verstört.«

»Auf jeden Fall müssen sie es auf eine so häßliche Weise erfahren haben, daß Peter es einfach nicht glauben wollte«, sagte Hannes. »Ich werde mit Anne sprechen.« Er ging zur Tür.

»Warten Sie«, Bert kam ihm nach, hielt ihn am Arm fest.

Sein Gesicht war schmal, sein Mund verkniffen. »Ich glaube, ich weiß, wer dahintersteckt.«

Ohne ein weiteres Wort verließ er die Bibliothek.

Marlene und Hannes sahen sich an. Schweigen hing zwischen ihnen, das bange Schweigen einer Situation, in der niemand weiß, was zu tun ist.

Bert öffnete die Tür zu Marlis' Zimmer ohne anzuklopfen. Plärrende Schlagermusik schlug ihm in einem Schwall entgegen. Marlis fuhr von ihrem Bett auf.

Bert war mit zwei Schritten am Plattenspieler, knipste ihn aus. Stille.

»Was ist los?« fragte Marlis. Ihre Augen waren enge Schlitze.

»Du hast Anne gesagt, daß ihr Vater tot ist.« Bert sagte es, und er traf ins Schwarze. Er sah, wie aus dem Gesicht seiner Tochter alle Farbe wich.

Marlis zog die Beine an, legte ihre Hände um die Knie. Die Knöchel ihrer Finger stachen spitz und weiß hervor.

Sie starrte zu Bert hoch. »Woher willst du –«

»Ich weiß es«, unterbrach Bert sie. Er blieb nah vor ihr stehen, hielt ihren Blick fest. »Daß du dich nicht schämst! Weißt du, daß du damit den Jungen vielleicht in den Tod gejagt hast? Man hat seine Spur bis zur Autobahn verfolgt.«

»Das ist nicht wahr!« Marlis Stimme war nur ein flatternder Hauch.

»Jawohl, es ist wahr«, sagte Bert hart. »Und das eine sage ich dir: Wenn dem Jungen etwas passiert ist, bist du die längste Zeit in diesem Haus gewesen. Du kommst in ein Heim. Nicht in ein Pensionat – nein, in ein Heim, wo man dir beibringen wird, was du jetzt nicht zu wissen scheinst – Achtung zu haben vor anderen Menschen. Du mit deinen lächerlichen siebzehn Jahren hast unser aller Leben hier vergiftet.«

Marlis wollte etwas sagen. Aber Bert schnitt ihr das Wort ab. »Halt deinen Mund. Jetzt rede ich. Jawohl, du hast alles getan, damit der Aufenthalt in diesem Haus eine Qual war. Du warst in einem Maße eifersüchtig und egozentrisch, wie es noch nicht einmal eine Frau ist. Aber das eine sage ich dir: Es gibt Mittel und Wege, dir das auszutreiben. Und die werde ich benutzen, darauf kannst du dich verlassen!«

Sie starrte zu ihm hoch mit dünnem Mund. Sie sagte nichts, kein Wort, als er aus dem Zimmer ging, doch ein Lächeln kroch langsam in ihre Augen, dessen Bedeutung nur sie selbst wußte.

Auf dem Flur stand Ralf in seinem zerknautschten Pyjama. Er lief auf Bert zu, nahm seine Hand. »Hast du doll mit Marlis geschimpft? Ganz doll? Sie ist an allem schuld, nicht?«

Bert hob den Jungen auf seine Arme. »Hör mal, du bist nicht gerade lieb. Marlis ist doch deine Schwester. Und statt zu lauschen, solltest du lieber zu Anne gehen und sie ein bißchen trösten.«

»Ja«, sagte Ralf folgsam. »Ich will Anne trösten.«

»Na also!«

Bert brachte ihn zu Anne ins Zimmer. Sie hatte am Fenster gestanden und fuhr jetzt herum.

»Ist Peter gefunden?«

»Nein, noch nicht«, er lächelte beruhigend, »die ganze Polizei sucht aber nach ihm, und sie werden ihn finden!«

Er sagte es so, daß Anne es glauben mußte. Und es war ja auch das einzige, was ihr Hoffnung gab.

»Der Vati hat gesagt, ich soll dich trösten«, erklärte Ralf. »Wenn du willst, schenke ich dir meine Eisenbahn. Bist du dann froh?«

Und obwohl es ihr gar nicht danach zumute war, lächelte Anne.

Der Polizist an der Kreuzung wandte seinen Kopf und sah Peter an. Peter zog unwillkürlich seinen Kopf ein. Warum guckte der Polizist ihn so an? Er hopste in einen Hauseingang, äugte vorsichtig um den Türpfosten.

Der Polizist hatte sich abgewandt. Er spazierte am Rande der Kreuzung auf und ab, die Hände auf den Rücken gelegt.

Peter stahl sich wieder heraus. Er blickte sich nach allen Seiten um. Aber niemand beachtete ihn. Die wenigen Menschen, die zu Fuß unterwegs waren, hatten es eilig. Die Autos surrten mit abgeblendeten Scheinwerfern schnell auf nassen Reifen durch die nächtlich hellen Straßen.

Plötzlich spürte Peter, wie allein er war. Er blieb stehen, stemmte die Hände in seine Jackentaschen.

Ich laufe immer nur herum, dachte er, so kann ich doch den Papi gar nicht finden, wenn ich ihn doch nicht mal kenne, und die Stadt ist so groß, daß ich gar nicht in alle Straßen gehen kann. Und was nützt das auch? Ich weiß doch nicht, wo der Papi wohnt.

Entschlossen wandte er sich zurück in die Richtung, aus der er gekommen war, fand zurück zum Rhein, zur Straßenbahnhaltestelle an der Brücke, wo der Mann von der Autobahn ihn abgesetzt hatte.

Er war jetzt auch sehr müde. Er war so lange herumgelaufen. Er sah zu der Uhr hoch, die hinter mattem Glas über dem Wartehäuschen der Haltestelle leuchtete. Er konnte die Uhr noch nicht richtig lesen, aber es war sicher schon sehr spät.

Er setzte sich auf die Bank vor dem Häuschen. Er stützte die Arme auf die Knie und legte sein Gesicht in die Hände.

Ich bin blöd, daß ich weggelaufen bin, um den Papi zu suchen, dachte er mutlos. Ich finde ihn ja doch nicht. Und – und ich will ihn auch gar nicht mehr finden, wenn er doch nichts von uns wissen will.

Das Telefonhäuschen auf der anderen Straßenseite nahm plötzlich seine Aufmerksamkeit gefangen. Da stand ein Mann und blätterte in einem dicken Buch. Dann nahm er den Telefonhörer ab und sprach. Peter sah es ganz deutlich, und es war sehr komisch, weil der Mann so mit den Armen ruderte und sein Mund auf und zu klappte, wenn er redete, ohne daß man etwas hören konnte. Peter kicherte vor sich hin.

Aber dann pfiff er durch die Zähne. Er sprang auf, lief zu dem Telefonhäuschen hinüber, riß die Tür auf.

Der Mann legte gerade den Hörer auf.

»Steht da drin, wo jemand wohnt?« fragte Peter atemlos.

»Wo?« fragte der Mann verständnislos.

»In dem Buch da!« Peter griff nach dem Telefonbuch.

»Sicher stehen da Namen drin«, sagte der Mann und wollte aus der Zelle treten. Aber Peter hielt ihn am Ärmel seines Mantels fest.

»Bitte, guck doch mal, ob da Werner Hartmann drinsteht, ja?« bat er aufgeregt.

Der Mann lachte. »Kannste denn noch nicht lesen?«

»Doch!« Peter schnaubte empört. »Aber nur Polnisch.«

»Du machst mir aber Spaß«, lachte der Mann, »und jetzt laß mich mal los.« Er zog seinen Ärmel aus den Fingern des Jungen.

»Bitte!« Peters Stimme klang so, daß der Mann doch stehenblieb. »Was willste denn noch?«

»Den Namen, bitte, den Namen suchen!«

»Also meinetwegen.« Der Mann lachte jetzt gutmütig. Er griff nach dem Telefonbuch. »Wen suchste?«

»Werner Hartmann«, sagte Peter deutlich. Seine Augen folgten gespannt dem Zeigefinger des Mannes, der eine Namenreihe in dem Telefonbuch entlanglief. »Da stehen aber drei«, murmelte er.

»Was, drei?«

»Werner Hartmanns«, sagte der Mann.

»Was?« Peters Mund blieb verblüfft offenstehen.

»Was guckste denn? Willst mich wohl zum Narren halten, was?« Der Mann fing an, den kleinen Jungen lästig zu finden. »Da, such dir den Namen selbst raus!« Er warf das Buch auf das Wandbrett und wollte die Telefonzelle verlassen. Doch Peter hielt ihn zurück. »Ach, bitte, der erste ist es, ganz bestimmt! Es ist mein Papi! Bitte, ich muß ihn anrufen, aber ich kann das doch nicht.«

Der Mann betrachtete den Jungen mißtrauisch. »Der erste? Na gut!« Er nahm den Hörer ab. »Haste zwanzig Pfennig?«

Peter schüttelte stumm den Kopf.

Der Mann zog zwanzig Pfennige aus der Tasche, wählte die Nummer, hielt Peter den Hörer hin, als das Freizeichen ertönte. Dann ging er.

»Zeiten sind das«, murmelte er. »Eltern gibt's! Lassen Ihre Kinder mutterseelenallein in der Weltgeschichte herumlaufen.« Aber was ging es ihn an? Er zuckte die Schultern und ging davon.

Peter preßte den Telefonhörer an sein Ohr.

Es tutete ganz laut, und dann knackte es. »Hartmann«, sagte eine Männerstimme.

Sekundenlang hielt Peter den Atem an, dann bewegten sich seine Lippen. »Papi?« flüsterte er.

»Hallo, wer ist denn da?« fragte die Männerstimme am anderen Ende der Leitung.

»Ich, Peter«, schrie Peter.

»Wer?«

»Papi – dein Peter!«

Stille am anderen Ende, dann die Stimme, diesmal verblüfft: »Wer ist da? – Sie sind wohl verrückt geworden? Machen Sie Ihre Scherze mit jemand anderem!« Wieder ein Knacken – Peter hörte nichts mehr.

Er guckte den Hörer an, schüttelte ihn, hielt ihn wieder an sein Ohr.

Nichts mehr, nur das Tuten.

Er ließ den Hörer los, ließ ihn einfach an seiner Schnur baumeln, hangelte sich zu dem Wandbrett hoch, studierte die Namenslisten im Telefonbuch, versuchte, so gut er konnte, die ihm fremde Druckschrift zu entziffern.

Aber er fand sich nicht zurecht. Da waren nur ganz andere Namen. Und er wußte nicht, daß es die falsche Seite war.

Mutlos verließ er die Telefonzelle. Es war ja alles Quatsch! Er gähnte. Er war jetzt so müde, und er wußte noch nicht einmal, wohin er gehen sollte.

Er wanderte den Rhein entlang. Aber jetzt machten ihm Licht- und Schattenspiele der Laternen keinen Spaß mehr. Er war nur noch müde und hungrig.

Als der Hund um seine Beine strich, stieß er wütend mit dem Fuß nach ihm. Der Hund zog jaulend den Schwanz ein, trottete davon.

Da tat er Peter leid. Er lief hinter ihm her, lockte ihn. Der Hund blieb stehen. Peter hockte sich hin, streckte die Hand aus: »Komm, komm, du dummer Hund...», sagte er schmeichelnd.

Der Hund schlich schnüffelnd näher, blieb einen Schritt von Peter entfernt stehen,schaute ihn mit seinen glänzenden schwarzen Augen an.

»Komm doch«, lockte Peter wieder. Er streckte die Hand aus, berührte das Fell des Hundes.

Das Tier zuckte, hielt dann aber still unter den streichelnden Fingern des Jungen.

»Dein Fell ist aber dünn«, stellte Peter fest. »Frierst du nicht?«

Wie zur Antwort fuhr sich der Hund mit der Vorderpfote hinter das Ohr.

»Bist du ganz allein?« murmelte Peter. »So wie ich?«

Er hatte plötzlich grenzenloses Mitleid mit dem kleinen mageren Hund und sich selbst. Er rutschte näher zu dem Hund, umfaßte ihn mit beiden Armen. »Wir sind beide allein, wir sind richtig arm, nicht?«

Der Hund leckte seine Hand, als verstände er ihn.

Eine Viertelstunde später tauchte Peter mit dem Hund auf den Armen in der Eva-Bar auf.

Wie er dort hingekommen war, wußte er selbst nicht. Er war einfach weitergegangen, durch so viele Straßen, und plötzlich war er wieder hier in der Weberstraße gelandet.

Er war jetzt sehr erleichtert und sehr froh, auch wenn die Tante ein so böses Gesicht machte.

»Schimpf nicht mit mir«, sagte Peter laut, ohne Rücksicht auf die starrenden Augen der Gäste. »Ich habe mich verlaufen – und ich bin jetzt so müde. Ich will bei dir schlafen.«

»Warum lachst du denn?« fuhr er den Mann neben sich an der Bar an. »Tante Eva, sag doch, daß er still sein soll. Das ist gar nicht zum Lachen, wenn man müde ist!«

Erst jetzt fand Eva aus ihrer stummen Verwirrtheit. »Aber Peter, wo kommst du um Himmels willen her?«

Sie kam um die Bar herum, zog Peter mit sich an den erstaunten Gästen vorbei.

»Entschuldigen Sie bitte«, bat sie mit halbem Lächeln und schob Peter vor sich her in das Hinterzimmer.

Der Kellner Thomas schüttelte den Kopf hinter ihr. Er hatte es ja gleich gewußt: Mit den Kindern passierten die unmöglichsten Sachen. Die Gäste bestürmten ihn mit Fragen, er beantwortete sie möglichst geheimnisvoll. Während Eva in dem hinteren Zimmer immer wieder fragte: »Warum hast du das bloß getan? Warum bist du nur fortgelaufen? Alle waren doch so lieb zu dir.«

Peter blickte sie trotzig unter gesenkten Augenlidern an. Er scharrte mit den Füßen.

»Stimmt ja«, sagte er dann, »aber – aber ihr seid eben alle nicht mein Vater – und deswegen!« Er ballte die Hände zu Fäusten. »Ich will jetzt zum Papi. Sofort. Hol ihn her!«

Jetzt kam sie nicht mehr daran vorbei, jetzt gab es kein Ausweichen mehr.

Eva faßte Peter bei beiden Armen. »Peter – sieh mich einmal an«, bat sie. Der Junge sah sie mit seinen großen Augen an.

Sekundenlang zögerte sie noch, aber dann sagte sie: »Dein Vater ist im Himmel, Peter. Ich hätte es euch schon früher sagen sollen, aber es war so schwer, weißt du...«

»Warum denn?« fragte Peter.

Eva biß sich auf die Lippen.

»Du hast immer gelogen«, sagte Peter traurig. »Das darf man gar nicht. Ich weiß es genau. Wenn du nicht immer gelogen hättest, wär' ich doch gar nicht nach die Heimat gekommen und gar nicht weggelaufen, um den Papi zu suchen. Aber die Anuschka war so traurig, weil Marlis ihr gesagt hat, der Papi ist tot. Und ich hab' gedacht, das stimmt nicht, weil du doch immer gesagt hast, er ist nur fort, er kommt wieder!«

Marlis kauerte auf ihrem Bett. Sie rauchte. Durch das offene Fenster strich feuchtkalte Luft vom Wald her ins Zimmer. Marlis zog frierend die Schultern hoch. Aber sie stand nicht auf, um das Fenster zu schließen.

Sie rauchte und dachte nach. Erst als unten das Telefon klingelte, sprang sie auf und lief zur Tür. Sie lauschte.

»Na, Gott sei Dank«, hörte sie ihren Vater sagen, »ja, ich komme sofort, ich hole ihn ab.«

Marlis preßte die Lippen zusammen und schloß die Tür wieder. Also hatte man den Jungen gefunden.

Sie ging zu ihrem Bett zurück. Sie griff zu dem Handspiegel, hielt ihn nah vor ihr Gesicht. Sie lächelte ihr Lächeln. Ich werde es ihnen schon zeigen, dachte sie, meinem Vater und meiner Mutter auch. Es wird ihnen noch leid tun, daß sie mich so behandelt haben, daß sie mich so vernachlässigt haben.

Sie warf den Spiegel auf den Boden. Das Glas zersprang.

Marlis starrte auf die Scherben, die im Licht blitzten. Aber sie lauschte nach draußen. Schritte liefen die Treppe hinunter. Das waren Anne und Ralf. Unten in der Halle klangen Stimmen auf. Dann klappte die Haustür, und es war still.

Marlis stand auf und verließ ihr Zimmer. Sie ging über den Flur, verhielt vor der Tür zum Zimmer ihrer Mutter, drückte dann lautlos die Klinke herunter.

Das Mädchen, welches gerade das Bett aufdeckte, fuhr herum. »Ah, Sie haben mich aber erschreckt!«

»Machen Sie, daß Sie rauskommen«, sagte Marlis mit ihrer kalten Stimme.

Das Mädchen verkniff den Mund, starrte Marlis mit bösen Augen an. »Ich werde es der gnädigen Frau sagen, wie unfreundlich Sie mich behandeln, das brauche ich mir –«

»Ach, halten Sie den Mund!«

Marlis ging zur Kommode ihrer Mutter, ohne das Mädchen weiter zu beachten. Sie riß die oberste Schublade auf, wühlte den Schmuck durcheinander, der dort lag.

Sie fand, was sie suchte. Ehe sie es an sich nahm, sah sie sich rasch nach dem Mädchen um, aber es war verschwunden.

Sie stieß die Lade zu, stakste mit ihren arroganten Schritten wieder hinaus.

Sie ging ins Bad. Sie drehte den Schlüssel zweimal herum. Das Hausmädchen hörte es, zuckte aber nur die Schultern.

»Ich warte mit den Kindern im Wagen«, sagte Marlene, als Bert den grauen Bentley vor der Eva-Bar parkte.

Hannes lief als erster zum Haus. Das Licht hinter der Haustür ging an, ehe er noch geklingelt hatte. Dann öffnete sich die Tür, und Peter sprang ihm um den Hals.

»Du Bengel«, schimpfte Hannes, »du verdammter Bengel. Ich hätte große Lust, dir eine runterzuhauen!«

»Nee«, schrie Peter, »nicht hauen!« Er schoß an Hannes vorbei auf Anne zu. »Es stimmt, daß der Papi tot ist«, rief er, »ja, aber jetzt wein bloß nicht mehr, ich wollte ja nur, daß du weißt, daß du –«

Er entdeckte Bert, der neben dem Wagen stehengeblieben war und stemmte die Arme in die Seiten. »Habt ihr mich alle gesucht? Habt ihr mich alle wirklich gesucht?« Er äugte in den Wagen. »Ralf auch, und die Tante Marlene?« Er stieß den Atem in einem langen, verwunderten Seufzer aus. »Nee, das hätte ich nicht geglaubt, daß ihr mich alle richtig liebhabt!«

»Und wie wir dich gesucht haben!« sagte Bert und wußte

nicht, ob er lachen oder schimpfen sollte. »Aber jetzt komm, steig ein.«

Doch Peter schüttelte den Kopf. »Kann ich nicht. Nicht so einfach. Ich hab' einen neuen Freund – einen Hund. Er heißt Barko. Kann ich ihn mitnehmen?« Er blickte von einem zum anderen. »Sonst komme ich nicht mit«, sagte er fest.

Bert sah Marlene an. »Was meinst du?«

»Ach bitte, Mami, laß doch den Hund mitgehen, bitte«, bettelte Ralf. Er kletterte aufgeregt aus dem Wagen. »Wo hast du ihn denn, Peter? Wo ist er denn?«

»Oben, bei Tante Eva.«

Eine Sekunde lang peinliche Stille. Dann sagte Marlene: »Nun hol ihn schon.«

In dieser Sekunde überwand sie auch die letzte Spur von Eifersucht, die sie jemals gegen ihren Mann empfunden hatte.

Die Tür zum Bad war verschlossen. Anne drückte noch einmal die Klinke herunter, aber sie gab nicht nach.

Plötzlich hatte sie Angst. Warum war das Bad verschlossen? Es mußte jemand drin sein – aber wer? Peter schlief schon, war sofort eingeschlafen nach seiner aufregenden Nacht, Ralf sicher auch, und Tante Marlene und Onkel Bert hatten ihr eigenes Bad.

Marlis? Ja, wo war Marlis? Den ganzen Abend hatten sie Marlis nicht zu Gesicht bekommen.

In plötzlicher Panik lief Anne zu Marlis' Zimmer.

Leer. Schuhe achtlos weggeschleudert auf dem Boden, ein zerbrochener Spiegel, ein leise summender Plattenspieler.

Keine Spur von Marlis.

Anne lief zum Zimmer der Eltern, klopfte, trat schnell ein.

Marlene saß vor dem Frisiertisch und bürstete ihr Haar. Sie wandte den Kopf.

»Anne?« fragte sie erstaunt.

»Das Badezimmer – das Badezimmer ist verschlossen, ich glaube, Marlis ist drin«, preßte Anne hervor. »Sie – sie hat sich eingeschlossen, aber es ist kein Licht an.«

8

Bert kam aus dem Nebenzimmer und sah Anne überrascht an. »Was machst du denn hier?«

Marlene warf die Haarbürste auf die Glasplatte. »Anne sagt, die Badezimmertür ist von innen verschlossen, und Marlis ist nicht in ihrem Zimmer.«

»Marlis?« Bert hob schnell den Kopf. Im Bruchteil einer Sekunde kam ihm der Gedanke an die Unterredung mit seiner Tochter, seine Drohung, sie aus dem Haus zu schikken, ihr hintergründiges Schweigen.

Bert besann sich nicht lange – er war im Nu aus dem Zimmer, Marlene und Anne liefen hinter ihm her.

Er rüttelte an der Badezimmertür der Kinder. »Marlis!« rief er. »Marlis!«

Keine Antwort.

Die beiden Jungen stolperten schlaftrunken aus ihren Zimmern. Hannes erschien vom Ende des Ganges her, Verblüffung auf seinem Gesicht. »Was ist passiert?«

Bert warf sich gegen die Tür. Das Schloß knirschte. Noch einmal. Die Tür sprang auf.

Dunkel. Bert tastete nach dem Lichtschalter. Licht.

Auf dem Boden vor der Wanne lag Marlis.

»Marlis!«

Bert und Marlene knieten bei ihr nieder.

Ein blasses, lebloses Gesicht, geschlossene Augen, wächserne, schlaffe Hände.

»Einen Arzt!«

Hannes rannte hinunter in die Diele, fand neben dem

Telefon einen Adressenblock, fand die Nummer des Hausarztes, wählte sie, wartete.

Oben in der Tür zum Bad drängten sich die Jungen neben Anne.

»Ist sie tot?« fragte Peter laut.

Ralf kaute aufgeregt an seinen Fingernägeln.

Bert hob Marlis auf die Arme, um sie in ihr Zimmer zu tragen.

Die Jungen wichen zur Seite, wollten folgen, aber Anne hielt sie zurück.

»Kommt.« Sie schob sie vor sich her in ihr Zimmer. Die Tür ließ sie offen. Sie hockten sich auf das Bett, starrten zur offenen Tür, warteten, lauschten.

Unten in der Diele sprach Hannes mit dem Arzt, dann kam er die Treppe hinaufgelaufen. »Doktor Schäfer kommt sofort!«

Die Kinder horchten ängstlich, aufgeregt.

Endlich hörten sie das Surren von Autoreifen unten vor dem Haus auf dem Kies. Dann klingelte es.

Hannes lief wieder hinunter.

Einen Augenblick später kam er mit einem Mann zurück, der eine große schwarze Tasche trug.

»Das ist der Doktor«, flüsterte Ralf. Er drückte sich an Anne. »Der kommt immer, wenn jemand krank ist.«

Warum hat sie das getan? dachte Anne unablässig. Warum hat Marlis das getan? Sie konnte nichts anderes denken. Und plötzlich wußte sie die Antwort: Es mußte wegen ihr und Peter sein. Weil sie hier waren. Weil irgend etwas, was vorher mit Onkel Bert nicht in Ordnung gewesen war, durch sie und Peter wieder gut geworden war.

Im Nebenzimmer untersuchte Dr. Schäfer Marlis schnell und geschickt.

»Haben Sie eine Ahnung, was sie genommen hat?« wandte er sich an Bert, der neben seiner Frau stand, den Arm um ihre Schultern gelegt.

»Das habe ich neben ihr im Bad gefunden«, erwiderte Bert und hielt dem Arzt das leere Glasröhrchen hin.

»Schlaftabletten. – Wie viele waren noch drin, wissen Sie es zufällig?«

Bert schüttelte den Kopf. »Meine Frau nahm sie immer.«

»Ja«, sagte Marlene. »Aber ich habe seit Tagen keine mehr genommen, und ich weiß wirklich nicht, wie viele noch darin waren.« Sie zitterte. Ihr Mund zuckte.

»Wir bringen Ihre Tochter am besten sofort ins Krankenhaus.« Der Arzt faßte noch einmal nach Marlis Puls. »Ist Ihr Wagen breit genug, damit man sie auf den Rücksitz legen kann?«

»Ja, wir nehmen die Limousine.«

»Soll ich den Wagen aus der Garage holen?« fragte Hannes.

Bert nickte. »Auf dem Schreibtisch in der Bibliothek liegen die Schlüssel.«

»Das Auto ist bereit«, rief Hannes wenig später von unten.

»Wir kommen«, antwortete Bert.

Gemeinsam mit dem Arzt trug er Marlis hinunter. Marlene folgte ihnen. Sie mußte sich am Treppengeländer festhalten. Ihre Füße gehorchten ihr kaum.

Schweigsame, eilige Fahrt zum Kankenhaus. Hannes fuhr sicher und schnell, obwohl es das erstemal war, daß er einen so großen Wagen steuerte.

Neben ihm saß Bert und hielt Marlenes Hand. Hin und wieder sah er sie an. Ihr Gesicht war eine weiße, starre Maske.

Hinter ihnen lag Marlis auf dem Rücksitz. Reglos, so wie sie hingelegt worden war.

Das habe ich nicht gewollt, dachte er, das nicht. »Ich wollte doch nur, daß Marlis zur Vernunft kommt«, sagte er. »Sie war ein Kind, das Strafe braucht.«

Reden, was nützte alles Reden jetzt noch, nachdem dies geschehen war?

Er hätte behutsamer mit ihr sein sollen. Er hätte Verständnis haben sollen. Sie war seine Tochter. Sie hatte ein Recht darauf. – Sie hat mich gereizt bis aufs Blut, dachte er, und trotzdem, es war im Grunde meine Schuld. Kinder dürfen niemals merken, wenn ihre Eltern sich auseinanderleben, wenn es Streitigkeiten gibt. Aber Marlis hat es gemerkt, hat es verzerrt gesehen, weil sie jung war und ohne Erfahrung.

Es ist meine Schuld, dachte auch Marlene. Ich habe Marlis angestachelt, sie gezwungen, ihren Vater zu hassen. – Wie sollte sie von heute auf morgen umdenken? Wie sollte sie plötzlich verstehen, was ich selbst erst langsam lernen mußte: daß man Vertrauen haben muß, Vertrauen und Verständnis. – Wenn sie stirbt? Ich werde es nie wieder gutmachen können. Ich werde niemals sagen können, Marlis, es tut mir leid – verzeih mir.

Das Krankenhaus. Ein moderner Glasbau, flach angestrahlt von Wegleuchten.

Die Schwester an der Pforte wußte schon Bescheid. Dr. Schäfer hatte sie angerufen. Die Krankenwärter hoben Marlis aus dem Wagen, trugen sie auf einer Bahre in das Behandlungszimmer des diensttuenden Arztes.

Marlene, Bert und Hannes wurden in einen Besuchsraum geführt. Licht von einer schwachen Birne an der Decke, glatte, hellgrün gestrichene Wände, Korbsessel, ein runder Tisch, verwelkte Blumen darauf.

Marlene fröstelte. Bert zog seinen Mantel aus, hängte ihn ihr über die Schultern.

Die Zeit verging langsam. Zäh glitt der Zeiger der elektrischen Uhr an der Wand über das Zifferblatt.

Bert stand auf, ging mit kurzen, nervösen Schritten hin und her, die Hände tief in den Taschen seines Jacketts.

Hannes stand am Fenster. Er blickte hinaus in den Garten auf die vom Reif weißen, fahlglitzernden Sträucher und Bäume.

»Es ist so still hier«, sagte Marlene. »Es ist – es ist...«

»Bitte«, bat Bert, »versuche ruhig zu sein, geduldig.«

Aber er selbst, hatte er Geduld?

Er ging hinaus auf den Flur, bis zu dem Ordinationszimmer. Er hörte gedämpfte Geräusche, gedämpfte Schritte, gedämpfte Stimmen.

Er ging wieder zurück. Marlene starrte ihm entgegen. Er schüttelte stumm den Kopf.

Und dann endlich kam Dr. Schäfer. Seine Augen blinkten müde hinter den scharfgeschliffenen Brillengläsern.

Marlene sprang auf. Sie bewegte die Lippen, aber kein Ton kam heraus.

Dr. Schäfer hob beruhigend die Hände. »Behalten Sie doch Platz, Frau Merten.« Er drückte Marlene in ihren Sessel zurück. »Es ist ja alles in Ordnung.« Er wandte sich an Bert, zog ein Zigarettenetui heraus, bot ihm daraus an. »Marlis scheint nur sehr wenige Tabletten genommen zu haben.«

»Ist alles in Ordnung, wirklich?« preßte Bert hervor.

»Ja«, erwiderte der Arzt. Er gab Bert Feuer, reichte dann auch Hannes die Zigaretten.

»Es besteht keine Gefahr mehr«, sagte er. »Sie könnten Ihre Tochter sogar wieder mit nach Hause nehmen. Aber – ich möchte sie noch eine Weile hierlassen. Sie scheint mir seelisch sehr durcheinander zu sein.«

»Wir hatten eine Auseinandersetzung, Doktor«, murmelte Bert. »Marlis benahm sich sehr – sehr sonderbar.«

»Um nicht zu sagen, hysterisch?« warf der Arzt ein.

Bert nickte. »Ja.«

»Wie ich schon sagte«, der Blick des Arztes ging forschend zwischen Bert und Marlene hin und her. »Ihre Tochter war ziemlich durcheinander. Sie sprach ständig von zwei Kindern, die ihr den Vater wegnehmen wollen. Existieren diese Kinder, Herr Merten?«

»Anne und Peter? Aber das kann doch nicht sein!« Marlene wandte sich an den Arzt. »Doktor Schäfer, wir haben die beiden aufgenommen, weil sie Waisen sind. Hier«, sie deutete auf Hannes, »sie sind mit Herrn Maurer aus Polen geflüchtet, um in Köln bei ihrem Vater zu leben. Auf der Flucht wurden sie getrennt, und die Kinder erfuhren, daß ihr Vater tot ist. Wir haben sie einstweilen aufgenommen – ja, wir dachten sogar an Adoption.«

Der Arzt hob die Hand. »Ich möchte mich nicht in Ihre Privatangelegenheiten mischen. Aber für den Augenblick halte ich das Verweilen der Kinder in Ihrem Hause für nicht angebracht, jedenfalls für den Zeitpunkt, wenn Ihre Tochter wieder nach Hause kommt. Das dürfte in etwa acht bis zehn Tagen der Fall sein. Es ist sehr bedauerlich für die beiden Waisen, davon bin ich überzeugt. Aber für Ihre Tochter wäre es außerordentlich bedenklich, wenn sie wieder mit den Kindern zusammenträfe. Es wird doch sicherlich einen Ausweg geben, nicht wahr?«

»Ja, natürlich«, sagte Hannes fest. »Ich nehme die Kinder zu mir.«

Hannes und Bert saßen noch in der selben Nacht in der Bibliothek einander gegenüber. Bert goß ihnen von dem Wein nach. Er trank, setzte sein Glas zurück auf die Tischplatte, die im Schein des Kaminfeuers rot schimmerte.

»Hören Sie, Herr Maurer«, sagte er dann. »Es hat doch keinen Zweck, daß wir beide uns etwas vormachen. Wir alle haben heute nacht genug Aufregung gehabt. Wir wollen sie nicht noch vermehren.«

Er zündete sich eine Zigarette an, rauchte.

»Was sie eben sagten, ist – weltfremd. Gut, Sie sind erst ein paar Tage im Westen, das erklärt alles. Aber Sie müssen einsehen, daß Sie die Kinder nicht zu sich nehmen können, wenn Sie nicht einmal eine Anstellung haben.«

Marlene öffnete die Tür zur Bibliothek. »Wollt ihr beide nicht auch Schluß machen und zu Bett gehen?« unterbrach sie ihren Mann.

Bert stand auf und ging zu ihr. »Leg dich schon hin. Ich komme bald.« Er führte sie zur Treppe, küßte sie auf die Wange.

Marlene drückte sich an ihn. »Meinst du, daß mit Marlis alles in Ordnung kommt?«

»Natürlich«, sagte er. »Bestimmt. Wir werden uns nur alle Mühe geben müssen.«

Marlene nickte heftig. Dann lief sie die Treppe hinauf, eine schmale, schlanke Gestalt, fast wie ein junges Mädchen. Bert nickte ihr noch einmal zu, ehe sie in ihr Zimmer trat. Dann ging er in die Bibliothek zurück.

Hannes richtete sich vor dem Kamin auf, legte das Feuerbesteck aus der Hand.

Bert setzte sich wieder in seinen Sessel. »Ja, was ich sagen wollte – Sie können mit den Kindern doch nichts anfangen. Sie haben weder eine Wohnung noch eine Anstellung. Außerdem müssen die Kinder endlich zur Ruhe kommen.«

»Aber ich werde Arbeit finden. Es werden doch überall Leute gesucht. Ich habe im Zug einen Blick auf die Stellenanzeigen in einer Zeitung geworfen. Nichts als Angebote ... Wenn ich Arbeit habe –«

Aber Bert schüttelte den Kopf. »Sehen Sie, die Kinder können noch etwa zehn Tage hierbleiben. Dann müssen sie zwar fort. Glauben Sie, daß Sie bis dahin eine Anstellung und eine Wohnung gefunden haben? So leicht dürfen Sie sich das nicht vorstellen.« Er beugte sich vor, sah Hannes eindringlich an. »Ich habe die Kinder gern«, sagte er. »Sehr gern sogar. Ich würde Sie hierbehalten, wenn es ginge. Doch nach allem, was der Arzt gesagt hat ... Ich muß Marlis helfen, gesund zu werden. Ich muß jetzt an sie denken. Aber das hindert mich nicht daran, auch an Peter und Anne zu denken. Warum wehren Sie sich dagegen, daß ich den Kindern den Aufenthalt in einem guten, geordneten Heim bezahlen möchte?«

»Das will ich nicht«, unterbrach Hannes ihn. »Sie haben schon genug für Anne und Peter getan.«

Bert lächelte vor sich hin. »Man tut immer zuwenig. – Ich hab' auch mal im Dreck gesessen«, sagte er wie zu sich selbst. »Und da hat es auch ein paar Leute gegeben, die mir geholfen haben. Nehmen Sie das Wenige, was ich für die Kinder tue, als Tribut an mein Glück, das ich gehabt habe und hoffe, weiterhin zu haben.« – Und nach einem Blick in Hannes' verschlossenes Gesicht: »Menschenskind, Herr Maurer, haben Sie doch bloß keinen falschen Stolz! Wir werden gleich morgen sehen, daß wir für Sie eine Stelle kriegen, möglichst auch 'ne Wohnung, gut! Aber wenn's nicht klappt, dann wohnen Sie vorläufig weiter bei uns, und die Kinder müssen eben vorübergehend in ein Heim. Ich kenne da eins, es ist nicht weit von hier im Bergischen. Ralf war schon einmal dort.«

Bert stand auf. »Und jetzt wollen wir in die Federn gehen. Der Morgen kriecht schon durch die Vorhänge.«

»Es bleibt mir ja nichts anderes übrig, als Ihnen zu gehorchen«, sagte Hannes mit halbem Lächeln. Und er dachte, so ist das, wenn man von drüben kommt, mit nichts als dem, was man auf dem Leibe trägt.

Drei Tage später durfte Bert Marlis zum erstenmal besuchen.

Sie wandte ihm ihr Gesicht zu, als er eintrat. Es war noch schmaler als sonst. Die Augen lagen in dunklen Rändern. Ihr Gesicht wirkte starr. Es belebte sich auch nicht, als Bert zum Bett trat.

»Guten Tag«, sagte er und legte die Blumen auf ihren Nachttisch.

»Guten Tag«, antwortete sie. Ihre Hände blieben reglos auf der Bettdecke.

Bert zog sich einen Stuhl heran.

»Wie geht es dir?«

»Sind die Kinder fort?« flüsterte sie.

»Ja, natürlich«, sagte Bert schnell.

Marlis schloß die Augen. Noch war ihr Gesicht unbewegt, und dann rannen plötzlich Tränen über ihre Wangen.

»Marlis!« Bert griff nach ihrer Hand, streichelte sie ungeschickt. »Kind ...«

»Bist du jetzt wieder da für uns?« flüsterte sie, »für mich, – nur für uns und für mich?«

»Ja«, sagte Bert, »das war ich doch immer.«

Aber sie schüttelte wild den Kopf.

»Nein«, gab er zu, »ich war es nicht immer.«

»Warum?« flüsterte sie.

»Das ist – das ist manchmal so.« Er suchte nach Worten. »Weißt du, es gibt viele Gründe dafür und keinen – aber es ist ja jetzt vorbei.«

»Bestimmt?«

»Ja«, erwiderte er fest.

Für den Bruchteil einer Sekunde der Gedanke: Was bin ich ihr Rechenschaft schuldig? Sie ist ein Kind – und gleich darauf: Sie ist mein Kind. Ich habe sie vernachlässigt, damals – es war schon so weit weg, die Zeit mit Eva und die anderen kleinen Geschichten auf seinen Reisen – er hatte es fast vergessen. Warum soll ich ihr nicht Rechenschaft geben? dachte er, wenn sie dadurch wieder gesund wird? Sie ist doch meine Tochter.

»Ich war sehr dumm und kindisch und ungerecht. Aber ich habe dich immer liebgehabt«, flüsterte Marlis. »Damals, als ich mit dem Jockel aus Düsseldorf fortwollte, das hab' ich nur gewollt, weil du doch –« Ihre Stimme verlor sich. »Aber ich will nie mehr so dumm sein. Ich verspreche es dir.« Marlis öffnete die Augen. »Ich verspreche es dir«, wiederholte sie.

»Kannst du mich wieder liebhaben?« fragte sie dann – so leise, daß er es kaum verstehen konnte.

Er nickte. Er beugte sich über sie und küßte sie auf die Wange. Sie schlang schnell die Arme um seinen Hals. »Papi, lieber Papi«, flüsterte sie mit einer Kleinmädchenstimme, so, wie sie es früher oft getan hatte.

»Jetzt ist alles wieder gut, ja?« fragte Bert.

»Ja«, sagte Marlis fest. »Alles.«

Noch wußten weder Anne noch Peter etwas davon, daß ihre Tage im Mertenschen Haus gezählt waren.

Hannes hatte eine Anstellung in einem großen Elektrokonzern gefunden – Bert hatte sie ihm vermittelt. Er hatte auch ein kleines möbliertes Zimmer gemietet, aber die Wirtin hatte ihm keinen Damenbesuch erlaubt, geschweige denn, die Kinder mitzubringen.

Hannes besuchte die Kinder fast jeden Abend. Er traf sich mit Bert in dessen Büro und fuhr dann mit ihm zum Königsforst hinaus.

Es gab jedesmal eine stürmische Begrüßung. Und Hannes mußte in einem einzigen Plapperschwall die Erlebnisse von Peter über sich ergehen lassen, die der Tag gebracht hatte.

»Wie ist das eigentlich, müssen wir hier nicht in die Schule gehen?« fragte Anne ihn eines Abends, als sie nach dem Abendessen einen Augenblick allein waren.

»Weißt du«, Hannes suchte nach Worten, »es ist doch noch alles ein bißchen ungewiß, nicht? Wart erst mal ab, bis ich fest auf den Füßen stehe. Dann geht ihr wieder zur Schule, dann normalisiert sich auch alles.«

Fest auf den Füßen stehen, so etwas Ähnliches hatte die Oma auch immer vom Vater gesagt, dachte Anne jetzt. Sie blickte Hannes mit ihren großen Augen eindringlich an. »Wann stehst du fest auf den Füßen?« fragte sie.

Hannes blickte auf seine Hände, verschränkte die Finger und löste sie wieder. »Das hängt jetzt nur davon ab, daß ich eine Wohnung kriege, wo ihr auch zu mir kommen könnt.«

»Ach so«, sagte Anne.

Marlene kam herein. »Anne, die Jungen sind schon im Bett. Ich glaube, es ist auch Zeit für dich.« Sie fuhr Anne durch das kurze dunkle Haar. »Wenn du willst, kannst du noch etwas lesen.«

»Ja, danke«, sagte Anne. Sie küßte Hannes auf die Wange, dann Marlene.

Während sie nach draußen ging, hörte sie Marlene sagen: »Marlis darf in drei Tagen nach Hause.«

Und Hannes antwortete: »Dann ist es also soweit.«

Anne hockte sich in ihrem Zimmer auf das Bett. Sie machte kein Licht. Von draußen schien ein blasser dünner Wintermond herein.

Marlis kommt in drei Tagen zurück, dachte sie. Sie sah das Gesicht des Mädchens wieder vor sich, wie sie es an jenem Abend im Bad gesehen hatte: ein schmales, haßverzerrtes Gesicht, brennende schwarze Augen ohne Mitleid, ein bitterer dünner Mund.

Plötzlich wußte Anne, daß sie die ganzen letzten Tage Angst davor gehabt hatte, daß Marlis zurückkommen würde. Ja, sie hatte Angst, und sie konnte sich nicht dagegen wehren.

Wenn Marlis wiederkommt, müssen wir fort, ganz bestimmt, ich weiß es! Aber wohin? Zu Hannes können wir nicht – und zu Tante Eva? Wir kommen in ein Heim, in ein Kinderheim, ein Waisenhaus – Peter allein, und ich allein.

Das will ich nicht, dachte sie, das will ich nicht. Eher laufen wir fort.

Sie begann sich auszuziehen. Dann schlüpfte sie ins Bett. Sie verschränkte die Arme im Nacken. Sie starrte zur Decke hoch. Sie dachte nach, aber sie fand keinen Ausweg.

Später, als im Hause alles still war, stand sie noch einmal auf. Sie ging hinunter in die Halle, wo der kleine Hund Barko in seinem Körbchen lag.

Sie nahm ihn auf. Er leckte ihre Hand. Sie trug ihn hoch in ihr Zimmer. Sie wollte jetzt nicht allein sein.

Die Sonne schien. Ihre Strahlen waren noch ohne Kraft. Aber der Schnee war geschmolzen. Die Erde war dunkelbraun vor Nässe. Die Rinden der Bäume glitzerten in schwarzem Silber.

»Es ist doch gar nicht mehr kalt«, sagte Peter. »Warum machst du das Verdeck nicht auf?« Er stand neben Berts Sportwagen und sah zu Hannes hoch.

»Meinst du, ich will, daß ihr euch erkältet?«

»Pah«, machte Peter, »erkälten. Du bist 'nen richtiger alter Mann, der Angst vor Schnupfen hat – wie der olle Onkel Dzimek.« Er zog die Stirn kraus. Er fuhr mit seinem rechten Zeigefinger über die Kühlerhaube des Sportwagens. »Ob der noch an uns denkt? Ob der überhaupt uns nicht vergessen hat? Warum fahren wir nicht wieder zu ihm? Der hat mir immer so prima Schiffe geschnitzt.«

»Na komm, steig ein«, sagte Hannes.

Peter kletterte in den Sitz. »Die Anuschka macht aber wieder lange. Diese Weiber!« murrte er verächtlich. »Und überhaupt, warum müssen wir die mitnehmen, warum fährt der Ralf nicht mit?«

»Frag doch nicht so dumm, das weißt du doch«, sagte Hannes. Er winkte Anne zu, die die Stufen der Eingangstreppe heruntergesprungen kam.

»Na endlich«, maulte Peter. »Du bist richtig langweilig.«

»Und du bist wieder schlecht gelaunt«, sagte Anne und zwängte sich neben ihn in den Sitz.

»Bin ich immer«, murrte der Junge, »wenn ich an die Heimat denke.«

»An die Heimat?« fragten Hannes und Anne wie aus einem Mund.

»Na ja«, Peter hob die Schultern. »Da wo man nicht ist, ist doch immer die Heimat, oder nicht?«

Darauf bekam er keine Antwort.

Hannes startete den Wagen, lenkte ihn vom Grundstück, fuhr in Richtung Köln.

»Wieso mußt du heute nicht arbeiten, und wieso fahren wir in den Zoo?« fragte Peter nach einer Weile.

Anne blickte Hannes gespannt an.

»Onkel Bert wollte euch eine Freude machen«, sagte er. Aber Anne wußte, daß dies nicht stimmte. Die Fahrt in den

Zoo sollte so etwas wie ein Abschiedsgeschenk sein. Sie hatte am Morgen, ohne es zu wollen, gehört, daß man sie und Peter, noch bevor Marlis zurückkam, in ein Kinderheim bringen würde. Sie war zufällig vorübergekommen, als Bert in der Bibliothek mit dem Heim telefonierte.

Peter blieb den ganzen Nachmittag über mißgestimmt. Er, der sonst so gern Tiere beobachtete, lief mit gesenktem Kopf an den Käfigen vorbei, starrte böse zu den Tieren hinüber.

»Ist ja alles doof«, maulte er. »Macht ja alles keinen Spaß.« Aber warum das so war, wollte er nicht erklären.

Erst der tapsige Braunbär, der in seinem Käfig hin- und herschlurfte und die Arme übereinander schlug, wie jemand, der friert, konnte endlich Peters mürrische Laune wegwischen.

»Guck mal, der ist richtig wie ein Mensch, der friert«, schrie Peter vergnügt.

»Bleibt ihr ein paar Minuten hier?« fragte Hannes, »ich bin gleich wieder da. Ich hol' mir nur ein paar Zigaretten.«

»Ja ja«, sagte Peter, ohne seine Aufmerksamkeit von dem Bären zu wenden. Der setzte sich jetzt auf seine Hinterpfoten und kratzte sich mit der rechten Tatze hinter dem linken Ohr. Dann schnüffelte er daran und wischte sie an seinem dichten zottigen Fell ab.

Peter lachte hell auf.

Hannes nickte Anne zu und ging davon.

»Ronny hat die Bären auch so liebgehabt«, sagte plötzlich eine traurige Frauenstimme neben den Kindern.

Anne sah hoch. Die Frau trug einen schwarzen Mantel und einen schwarzen Hut auf schwarzem Haar. Auch ihre Handschuhe, ihre Tasche und die Schuhe waren schwarz. Nur ihr Gesicht war weiß, so weiß wie ein Blatt Papier.

»Ronny hatte sogar einen kleinen Bären. Einen Waschbären. Ich habe ihn ihm zum achten Geburtstag geschenkt«, sagte die Frau.

Peter wandte seinen Kopf. »Ein Waschenbär, das gibt's doch gar nicht! Es gibt braune Bären und schwarze und weiße, aber einen Waschenbär?« Er blickte Anne verblüfft an und dann wieder die Frau. »Ein Waschenbär ist doch gar kein richtiger Bär.«

»Doch.« Die Frau verzog ihr Gesicht, und Anne wußte nicht, ob die Frau lächeln wollte oder gleich zu weinen anfangen würde. »Es ist ein richtiger kleiner Bär, braun und weiß gestreift.«

Peter zog die Mundwinkel herunter. »Das glaube ich nicht! Der konnte sich aber bestimmt nicht kratzen – ach, guck doch mal!« Er wies auf den Bären, der jetzt schwerfällig und tapsig versuchte, sich an dem Baum hochzuhangeln, der seine nackten Äste gegen das Käfiggitter streckte.

Die Frau streckte ihre Hand aus und legte sie auf Peters Schulter. Ihre Finger zitterten, das sah Anne ganz genau. »Wenn du willst, kannst du dir ja mal Ronnys Bär ansehen«, sagte die Frau.

»Wo?« Peter fuhr herum. »Wo hast du ihn?«

»Bei mir zu Hause«, sagte die Frau.

»Komm jetzt, Peter«, sagte Anne. Die Frau in Schwarz war ihr plötzlich unheimlich. »Wir müssen gehen.«

»Nee«, verkündete Peter trotzig. »Onkel Hannes hat gesagt, wir sollen hier auf ihn warten.«

Anne faßte nach Peters Hand. »Komm doch.«

Die Frau sah Anne an. »Warum willst du deinen Bruder mir fortnehmen? Ich tu' euch doch nichts. Ich – ich bin nur froh, daß ich ein bißchen mit euch sprechen kann.« Ihr Blick ging zu Peter. Ihr Gesicht zuckte. »Mein kleiner Junge war so wie er. Ronny, er ist – er ist tot.«

»Was sagt die Frau?« fragte Peter, der seine Aufmerksamkeit zwischen dem Bären und der Frau teilen mußte.

Anne wurde rot. »Peter!«

»Möchtet ihr mich nicht einmal besuchen kommen?« fragte die Frau. »Hier«, sie kramte in ihrer Tasche, hielt Anne dann eine Visitenkarte hin, »ich würde mich so freuen

– wenn ihr eure Eltern fragt, vielleicht werden sie es euch erlauben.«

»Unsere Eltern sind tot«, sagte Peter. »Die sind im Himmel, die können uns gar nichts mehr erlauben.«

»Das – das tut mir aber leid...« Die Frau verstummte verlegen.

»Wir müssen unseren Onkel Hannes fragen«, sagte Anne langsam. Sie drehte die Karte unschlüssig in ihrer Hand, las: Gisela Fischer, Morrath/Köln, Am Winterhang. Und plötzlich hatte sie eine Idee.

»Möchtest du den kleinen Bären sehen, von dem die Tante uns erzählt hat?« fragte sie Peter.

»Hm«, machte der und beobachtete weiter interessiert den Braunbären.

»Wir kommen schon morgen«, sagte Anne schnell entschlossen. Denn hinten bei den Löwenkäfigen sah sie Hannes herankommen.

»Bestimmt?« fragte die Frau, und ein eifriges, zitterndes Lächeln überzog ihr Gesicht.

»Ja, bestimmt«, sagte Anne. »Ich verspreche es Ihnen. Aber jetzt müssen wir gehen. Da kommt unser Onkel.«

Sie nickte der Frau zu. Dann zog sie Peter mit sich fort.

»Na«, fragte Hannes, »bessere Laune?«

»Klar!« erwiderte Peter. »Bei dem Bär! Aber du könntest ja auch mal was für mich tun. Du könntest mir wenigstens einen Waschenbär schenken.«

Am Abend wartete Anne, bis alle zu Bett gegangen waren. Dann schlich sie nach unten. Sie machte kein Licht an. Sie wußte, wo der Fahrplan lag – in der Diele, in der Kommode, auf der das Telefon stand.

Barko kam schnüffelnd heran. Aber heute hatte Anne keine Zeit für ihn. Er stieß ein-, zweimal mit seiner Schnauze aufmunternd gegen ihr Bein, dann kroch er beleidigt in seinen Schlafkorb zurück.

Anne nahm den Fahrplan mit auf ihr Zimmer. Sie hielt

das dünne Heftchen mit den vielen verwirrenden Zahlen in den Schein der Nachttischlampe.

Es dauerte lange, bis sie sich auskannte, aber endlich fand sie, was sie suchte.

Um elf Uhr morgen früh ging ein Bus nach Morrath. Wo die Haltestelle war, wußte sie. Sie war gar nicht weit vom Mertenschen Haus auf der Landstraße.

Sie brachte den Fahrplan wieder nach unten. Vor dem Zimmer von Peter zögerte sie, trat dann lautlos ein. Sie schlich zu Peters Bett, rüttelte ihn an der Schulter. Er schmatzte im Schlaf, wälzte sich auf die Seite.

»Peter!« flüsterte Anne. »Peter.«

Er schlug die Augen auf. »Was is denn?« quakte er verschlafen.

»Komm, schnell, ein Geheimnis.«

Das Wort Geheimnis machte Peter sofort hellwach. »Ein Geheimnis? Ein großes?« Er sprang aus dem Bett, patschte auf nackten Füßen hinter Anne her, in ihr Zimmer.

»Mir ist kalt«, maulte er und krümmte die nackten Zehen auf dem Teppich.

»Komm in mein Bett.« Anne schlug die Decke zurück. Die beiden Kinder kuschelten sich hinein.

»Was ist denn los?« flüsterte Peter. »Was ist es denn für ein Geheimnis.«

»Wir gehen weg«, sagte Anne. »Weg von hier.«

»Och.« Der Mund blieb ihm vor Verblüffung offenstehen. »Warum denn? Hier ist es doch prima.«

»Wir müssen weg. Ich bring' dich zu der schwarzen Dame.«

»Zu wem?«

»Zu der Tante mit dem Waschbär.«

»Zu der?«

»Ja.«

»Aber warum denn? Jetzt? Mitten in der Nacht?«

»Nein, morgen früh, um elf Uhr fahren wir mit dem Bus dorthin.«

»Mit dem roten Bus?«

»Ja, mit dem roten Bus. Du willst doch gern mit dem Waschbär spielen, oder?«

»Ja«, gab Peter zu. »Aber, wenn die ihn mir geschenkt hat, dann kann ich doch wieder gehen, nicht? Die braucht den doch nicht mehr, wenn der Junge ja tot ist.«

»Ja«, sagte Anne. »Vielleicht.«

»Aber – warum ist das denn ein Geheimnis? Darf ich dem Ralf das nicht erzählen?«

»Nein«, sagte Anne eindringlich. »Und warum das ein Geheimnis ist, das sag' ich dir morgen.«

»Immer morgen.« Peter bohrte in der Nase. »Warum sagst du es mir nicht jetzt? Das ist keine Kameradschaft.«

Anne mußte unwillkürlich lachen. Aber sie war gleich wieder ernst. »Geh jetzt schön wieder ins Bett«, bat sie, »und vergiß nicht, keinem etwas zu sagen, ja?«

»Gut«, versprach Peter, »ehrliches Wort!«

Er schlüpfte aus dem Bett. »Aber den Barko, den nehm' ich mit.« Damit lief er wieder in sein Zimmer hinüber.

Anne knipste das Licht aus. Sie schlief sofort ein.

Der Bus rumpelte über die Landstraße. Peter drückte seine Nase an der Scheibe platt. »Wann sind wir da?«

»Gleich«, sagte Anne. Sie hielt Barko auf dem Schoß, streichelte sein weiches kurzes Fell.

Der Busschaffner nickte ihr zu. »Nächste Station ist Morrath.«

»Danke«, sagte Anne. Ihr Gesicht brannte vor Aufregung. Bis jetzt war alles glattgegangen. Ihr Taschengeld hatte für die Busfahrt gereicht. Tante Marlene hatte nichts dagegen gehabt, daß sie mit Peter spazierenging, nur zum Essen sollten sie pünktlich zurück sein, weil sie später fortfahren würden. Und Anne wußte, wohin – zum Kinderheim.

Hoffentlich ist sie zu Hause, dachte Anne. Hoffentlich ist die schwarze Frau zu Hause.

Der Bus hupte, hielt dann. Die Türen surrten auf. Anne und Peter sprangen heraus.

Der Schaffner half einer alten Frau aus dem Bus.

»He, ihr könnt die alte Frau über die Straße führen«, sagte er zu den Kindern.

»Ja, gern.« Anne nahm den Arm der alten Frau.

Peter griff nach der Einkaufstasche. »Ist aber doll schwer, was?« sagte er. Er schleppte die Tasche über die Straße.

»Wenn man alt wird, geht's eben nicht mehr so recht.« Die alte Frau atmete mühsam.

»Ich trag' Ihnen die Tasche auch nach Hause«, sagte Peter großzügig.

»Ist lieb von dir, da drüben ist's gleich, das Fachwerkhaus.«

»Ach bitte«, sagte Anne, »können Sie mir sagen, wo Frau Fischer wohnt?«

Die alte Frau wies mit der Hand zum Berghang. »Das neue Haus, da ist es. Was wollt ihr denn da?«

»Och, besuchen, die hat doch 'nen Waschenbär, den schenkt die mir«, verkündete Peter.

»So so. Danke, Kinder, vielen Dank.« Die alte Frau gab den Kindern die Hand. Peter stellte die Einkaufstasche vor der Haustür ab. Er machte eine großzügige Handbewegung. »Alten Leuten muß man immer helfen, das hat schon meine Oma gesagt.«

Dann gingen Peter und Anne den Berg hoch. Eine schmale, noch nicht asphaltierte Straße führte zu dem Haus, dessen blanke Scheiben durch kahle Sträucher blitzten.

Die Türklingel hallte hohl durch das Haus.

Die Frau öffnete selbst. Ihr Gesicht zersprang in einem überraschten Lächeln.

»Ihr! Ihr seid's wirklich! Kommt doch herein, ja kommt doch...« Sie gab die Tür frei.

Aber Peter blieb stehen. Er schüttelte den Kopf, sagte noch nicht mal guten Tag, statt dessen aber: »Wo ist der Waschenbär, wo hast du ihn?«

»Hinter dem Haus, aber komm doch erst mal herein.«

»Bitte, lassen Sie Peter erst zum Bären gehen«, bat Anne. »Er hat sich so darauf gefreut.«

Peter lief schon um das Haus herum. Ein freudiger Ausruf zeigte an, daß er den Bären in seinem Käfig schon entdeckt hatte.

Gisela Fischer führte Anne ins Haus. »Seid ihr ganz allein gekommen? Wie lange dürft ihr bleiben, ach, ich freue mich ja so.« Ihre Stimme überschlug sich fast.

Anne trat nah an sie heran. »Ich möchte Sie um etwas bitten«, unterbrach sie die Frau.

»Ja?«

»Können wir bei Ihnen bleiben? Wir sind nämlich ganz allein. Niemand will uns haben. Wir sollen in ein Waisenhaus. Ach bitte, behalten Sie uns hier!«

Gisela Fischer hob überrascht die Hände. »Aber – das ist so plötzlich, ich verstehe nicht –«

»Bitte«, sagte Anne, »behalten Sie wenigstens Peter hier – ich kann schon woanders hin. Aber Peter – ich will nicht, daß er in ein Heim kommt.«

Die Augen der Frau leuchteten auf. »Du meinst, du würdest Peter auch allein bei mir lassen?«

»Ja«, sagte Anne tonlos, »wenn es sein muß.«

9

»Jetzt hab' ich aber genug!« Bert schlug mit der flachen Hand auf den Schreibtisch.

Anne, die vor ihm stand, zuckte zusammen.

»Soll das Theater wieder anfangen?« schimpfte Bert. »Ich hab' noch genug vom erstenmal, als Peter weggelaufen ist. Und jetzt läßt *du* ihn verschwinden!«

Anne starrte auf ihre Schuhspitzen. Sie hatte die Lippen fest zusammengepreßt.

Bert kam um den Schreibtisch herum, faßte sie bei den Schultern. Rüttelte sie. »Mädchen, was ist bloß mit euch los? Ich versteh' euch nicht mehr! Was denkst du dir eigentlich?« Er hob ihr Kinn, zwang sie, ihn anzusehen. »Tante Marlene liegt oben mit einem Herzanfall, das macht dir wohl gar nichts aus, was?«

Anne hielt seinem Blick stand, aber sie schwieg.

»Wo hast du Peter hingebracht? Du kannst doch nicht einfach verlangen, daß wir uns damit zufrieden geben, wenn du sagst, Peter ist bei guten Leuten!«

»Er ist aber bei guten Leuten«, flüsterte Anne.

»Hatte er es hier nicht gut?«

»Doch«, sagte Anne, »aber – ihr – ihr wollt uns doch wegschicken. In ein Heim. Weil Marlis doch bald zurückkommt.«

»Das ist es also!« Bert ließ Annes Schultern los. Er setzte sich in den nächsten Sessel. »Daher weht der Wind!«

»Ja«, sagte Anne fest. »Und ich will nicht, daß wir in ein Heim kommen. Mir ist es ja egal, für mich – aber nicht für Peter. In einem Heim lernt man nichts Gutes. Das hat schon meine Oma immer gesagt. Der Papi wollte uns nämlich auch in ein Heim stecken, als die Mami starb.«

»Komm mal zu mir.« Bert streckte die Hand nach ihr aus. Er zog Anne neben sich auf die Sessellehne. »Wir hätten euch nicht in irgendein Heim geschickt«, erklärte er, »sondern in eins, das ich kenne. Und außerdem wäre es nur für die Zeit gewesen, bis Onkel Hannes eine anständige Wohnung hat, wo er euch aufnehmen kann.«

»Bis er Boden unter den Füßen hat«, sagte Anne bitter.

»Ja«, erwiderte Bert. »Genau das. Und jetzt sag mir endlich, wo Peter steckt.«

Anne wollte aufstehen, aber er hielt sie fest. »Hör zu, fast vierundzwanzig Stunden hast du uns zum Narren gehalten. Jetzt ist es genug. Sag mir, wo du Peter hingebracht hast.«

»Willst du ihn wieder zurückholen?« fragte Anne.

»Beantworte erst meine Frage.«

Anne schüttelte den Kopf. »Nein.«

»Also gut – natürlich hol' ich Peter zurück. Was meinst du, was Onkel Hannes dazu sagen würde, wenn er heute abend käme und Peter wäre nicht da?«

Anne zuckte die Schultern. »Ich weiß nicht.«

»Gut«, sagte Bert, »ich verspreche dir, Peter kommt nicht ins Heim.«

»Wohin denn?«

»Das werden wir sehen.«

»Versprichst du wirklich, daß Peter nicht in ein Heim kommt?« fragte Anne eindringlich.

»Ja«, antwortete Bert fest.

»Peter ist bei Frau Fischer. Das ist eine liebe Frau. Sie wohnt in Morrath. Sie hat da ein Haus. Sie ist reich. Sie hat auch einen Jungen gehabt, der ist tot. Und deswegen ist sie ja so froh, daß Peter bei ihr ist.«

»Und wie steht es mit dir? Wollte sie dich nicht auch gleich behalten?«

»Nein«, Anne zögerte, »ich glaube, sie hat nur Platz für einen Jungen. – Aber Peter hat es wirklich gut da«, fügte sie eifrig hinzu. »Er hat ein schönes Zimmer und ein Fahrrad und sogar einen Waschbären, und den Barko darf er auch behalten.«

»Na«, sagte Bert, »das will ich mir aber mal ansehen.«

»Schmeckt es dir, Ronny – ich meine Peter?« fragte Gisela Fischer.

Sie saßen beim Mittagessen. Die Wintersonne schien hell auf den weißgedeckten Tisch, tupfte goldene Flecken auf die blaßgrünen Blätter gelber Tulpen.

Gisela langte nach der Fleischplatte und legte Peter noch eine Scheibe auf den Teller.

»Hmhm, schmeckt prima. Aber warum sagst du immer Ronny zu mir? Ich mag das nicht. Ich heiße Peter.« Er runzelte die Stirn. »Ich bin doch nicht dein Sohn.«

Gisela legte die Gabel aus der Hand. Sie lächelte ihn an.

»Aber vielleicht wirst du es bald. Wär' das nicht schön? Du könntest dann immer hierbleiben und mit dem Bären spielen.«

»Baust du mir dann auch ein Schwimmbad, so eins, wie der Ralf hat?« fragte Peter.

»Vielleicht«, lächelte Gisela.

»Ich kann es mir ja mal überlegen, ob ich bei dir bleibe«. Peter aß ruhig weiter. Es schmeckte ihm gut. Er hatte den ganzen Morgen draußen im Garten mit Barko herumgetollt.

Barko kam jetzt herangeschnüffelt. Er legte seine feuchte Schnauze auf Peters Knie und sah ihn mit seinen großen dunklen Augen an.

Peter nahm ein Stück Fleisch von seinem Teller, hielt es ihm hin. Barko schnappte es, leckte Peters Hand.

»Geh dir bitte die Hände waschen«, sagte Gisela.

»Warum denn?« maulte Peter. »Immer soll ich mir die Hände waschen.« Aber dann stand er doch auf und ging nach draußen.

Als er zurückkam, zog Gisela ihn zu sich heran. »Was ist eigentlich los mit dir?«

»Nichts«, sagte Peter. Er wandte sein Gesicht ab.

»Du bist nicht sehr brav, Peter.«

»Das weiß ich!«

»Und warum?«

»Ich ärgere mich«, sagte Peter.

Gisela schwieg. Sie strich ihm durch das kurze dunkle Haar.

Er zog unwirsch seinen Kopf weg. »Laß mich doch in Ruhe.«

»Peter!«

»Och, so prima ist es auch wieder nicht hier!« Er stampfte plötzlich wütend mit dem Fuß auf. »Du bist ja ganz nett, und der Waschbär auch, und Barko auch, aber ich bin so allein. Warum ist Anuschka denn nicht hier? Warum hast du sie fortgeschickt?«

»Peter, willst du nicht erst fertig essen?« wich Gisela aus.

»Nein«, sagte er, »ich hab' keinen Hunger mehr.« Er stapfte mit trotzigen Schritten zum Fenster und starrte hinunter auf die Straße.

»Ich bleib auch nicht hier«, sagte er, »auch wenn du mir ein Schwimmbad schenkst – wenn Anuschka nicht hier ist.«

»Schau mal, Peter«, Gisela war aufgestanden und ging jetzt zu ihm herüber, »zuerst hat es dir doch so gut gefallen. Du fandest es gar nicht schlimm, daß deine Schwester fortging. Und jetzt magst du nicht mehr hier sein?«

Peter schwieg verstockt.

»Sollen wir zwei heute nachmittag in die Stadt fahren und dir was Schönes kaufen?«

»Was denn?« fragte er widerwillig.

»Was du willst.«

»Ja, gut«, sagte er. Aber Gisela sah, daß er sich gar nicht freute.

»Spiel noch etwas im Garten, bis ich gespült und mich umgezogen habe. Willst du?«

»Ja.« Peter pfiff, und Barko lief hinter ihm her nach draußen.

Gisela sah ihm mutlos nach. Peter sah zwar ein bißchen aus wie Ronny, aber er war es eben doch nicht.

Aber Kinder sind so leicht zu beeinflussen, dachte sie dann, während sie den Tisch abräumte und sich dann für die Stadt umzog. Wenn Peter erst einmal das Heimweh nach seiner Schwester überwunden hat, werde ich es leichter haben.

Die alte Frau in dem Fachwerkhaus gegenüber dem Grundstück von Gisela Fischer stand am Küchenfenster. Sie blinzelte hinter ihren dicken Brillengläsern zu dem modernen Bungalow hoch.

»Das ist aber komisch«, murmelte sie, »da ist doch der Junge bei ihr geblieben – das Mädchen ist wieder fort, aber der Junge ist noch da.«

»Was hast du gesagt?« schrie ihr Mann, der am Küchentisch saß, und hielt nach Art der Schwerhörigen die rechte Hand hinter sein Ohr, während er mit der anderen achtlos die Zeitung zusammenfaltete.

»Es stimmt was nicht«, murmelte seine Frau und rückte die Brille näher an die Augen. »Es stimmt was nicht. So plötzlich so 'n kleiner Junge da oben – so wie der Ronny.«

»Was hast du gesagt?« fragte ihr Mann wieder.

Die alte Frau ging zum Tisch und setzte sich schwerfällig auf einen Stuhl. Sie beugte sich vor. »Hör mal, Erwin, du hast doch schon mal was von Kindesentführung gehört?«

»Kindesentführung?« wiederholte der alte Mann. »Steht doch allemal in der Zeitung. Grad vor kurzem wieder, war da so ein Autokönig in Paris. Dem sein Sohn haben sie entführt. Lösegeld haben die gekriegt, und das Kind war auch nicht tot. Früher haben sie die Kinder ja immer umgebracht. Aber heute – na ja...«

»Erwin, der Sohn von der Fischer da oben, der ist doch Weihnachten gestorben, und jetzt hat die 'nen kleinen Jungen da, grad so groß wie der Ronny.«

»Na und?« fragte ihr Mann.

»Nu, das geht doch nicht mit rechten Dingen zu!«

Der Alte schüttelte den Kopf. »Was du wieder hast! Die Fischer braucht doch kein Lösegeld, die ist doch reich genug. 'ne Fabrik hat sie gehabt. 'ne große Fabrik. Die hat sie verkauft, als der Mann verunglückt ist vor 'nem Jahr. Und mit Gewinn, sage ich dir. Mit so 'nem Gewinn, daß man das Haus mit Gold ziegeln könnt'! Der Josef hat's mir erzählt. Da war mal 'ne Bankquittung aufgegangen, als er die Post gebracht hat, da hat er's gesehen. Möcht' ich schon haben, das Geld.«

»Es geht doch nicht um Geld«, unterbrach ihn seine Frau. »Es geht um 'nen kleinen Jungen.«

»Was für 'nen kleinen Jungen?«

»Mann, mit dir hat's ja keinen Sinn zu reden, nur die Hälfte verstehst du immer!« Die alte Frau stand ärgerlich auf und ging zum Herd. Sie klapperte mit den Töpfen fürs Mittagessen.

»Was hast du gesagt?« fragte ihr Mann noch einmal. Und als er wie so oft keine Antwort bekam, beschäftigte er sich wieder murmelnd und mit den Seiten raschelnd mit seiner Zeitung.

Ich weiß, was ich weiß, dachte die alte Frau. Da kann keiner kommen und mir erzählen, das ginge mit rechten Dingen zu. Da stirbt erst ihr Sohn, und dann hat sie gleich wieder 'nen neuen Buben bei sich, und aussehen tut er auch noch so, wie's der kleine Ronny tat. Sie schnalzte mit der Zunge. Entführt wird sie den haben, richtig entführt! Wär' ihr zuzutrauen, hab' ja nie was von ihr gehalten – sich so zu verkriechen in ihrem Haus! Mit niemandem spricht sie – geht immer nur im Garten herum, wie ein Gespenst.

»Fremd bleibt eben fremd!« murmelte sie und rührte so heftig im Topf, daß die Suppe zischend auf den Herd überspritzte.

»Was hast du gesagt?« fragte ihr Mann.

»Ach, sei still!« erwiderte die Frau. Dann warf sie den Holzlöffel in den Spülstein, rückte die Töpfe vom Feuer. Sie band sich die Schürze ab, ging hinaus in die Diele und zog ihren Mantel über. »Ich bin gleich wieder da«, rief sie in die Küche, ohne eine Antwort abzuwarten.

Die Telefonzelle in der Post war besetzt. Die alte Frau mußte warten. Sie hielt den Mantelkragen am Hals gegen die Kälte zusammen. Ihr Atem war eine weiße Fahne. So einen kalten Februar hatte es lange nicht gegeben.

»Endlich«, murmelte sie, als der Mann die Zelle verließ. Sie trat ein und schloß sorgfältig die Tür hinter sich. Sie schob ihre Brille auf der Nase zurecht.

Sie las die Anweisung zur Benutzung des Telefonapparates zweimal. Dann nahm sie den Hörer ab, warf zwei Groschen ein und wählte die Nummer der nächsten Polizeistelle.

»'ne komische Geschichte«, sagte der Beamte in der Polizeistelle. Er warf den Hörer auf die Gabel zurück. »Da ruft doch jemand an und sagt – anonym natürlich –, die Fischer drüben am Berghang hätt' ein Kind entführt, 'nen kleinen Jungen!«

»Was du nicht sagst!« Der andere Beamte schloß seine Schreibtischschublade ab. »Ich geh' jetzt Mittag machen.« Er nahm seine Mütze vom Haken, drückte sie auf seinen Kopf. »Bin um drei wieder zurück.«

»Die hat wirklich 'nen kleinen Jungen da oben«, sagte der erste Polizist. »Hab's gesehen, als ich heute morgen vorbeikam. – Ob ich mir die Sache mal ansehen soll?«

»Mensch, schaden kann's ja nicht – bei Fremden weiß man's nie – und die Fischer ist ja 'ne Fremde.« Der andere Beamte verließ das Büro.

Der Polizist, der den Anruf entgegengenommen hatte, nahm seine Butterbrote aus der Schreibtischschublade. Er schraubte die Thermosflasche auf, goß sich einen Becher Fleischbrühe ein. Er fluchte, als er trank und sich den Mund verbrannte. Aber dann aß er genüßlich langsam die dickbelegten Schinkenbrote und vertiefte sich in die Sportergebnisse vom letzten Sonntag.

Die Sache mit der Frau Fischer konnte bis zum Nachmittag warten. Wenn was dran war, würde der Junge auch später noch da sein.

»Dort oben am Berg ist es«, sagte Anne und wies mit der Hand auf das Haus von Gisela Fischer.

Bert lenkte den Sportwagen den schmalen Weg hoch.

Das Haus sah aus, als sei es unbewohnt. Aber dann schoß plötzlich ein Hund, angelockt durch das Motorengeräusch, hinter dem flachen Bungalow hervor, kläffend gegen das Gartentor.

»Barko!«rief Anne. Sie sprang aus dem Wagen.

Und da kam auch schon Peter angerannt. Er riß das Gartentor auf, fiel Anne um den Hals.

»Anuschka«, schrie er, »Anuschka.«

»Na na, und mich vergißt du wohl ganz, was?« fragte Bert.

»Nee«, rief Peter. »Bleibt die Anuschka jetzt auch hier? Mensch, Anuschka, ohne dich ist es sooo langweilig!« Er zog Anne hinter sich her zum Haus.

Durch den Lärm aufmerksam geworden, öffnete Gisela Fischer die Tür.

»Guten Tag«, sagte Bert und machte eine knappe Verbeugung. »Frau Fischer?«

»Ja?«

»Mein Name ist Merten. Ich bin so etwas wie der Pflegevater von dem Bengel da, und ich bin gekommen, um ihn zu holen.«

»Bitte, kommen Sie doch herein.«

Eine große Halle, kostbare alte Möbel, wertvolle Bilder an den hellgrünen Wänden.

Gisela wies auf die dunkelblauen Veloursessel. »Bitte.«

Merten wartete, bis sie sich gesetzt hatte, nahm dann ebenfalls Platz.

Die Kinder standen herum, bis Peter sagte: »Komm, wir gehen zum Waschenbär – ich füttere ihn gerade!«

Sekunden des Zögerns, prüfende, abschätzende Blicke.

»Ich hätte mich schon mit Ihnen in Verbindung gesetzt«, sagte Gisela dann. »Nur – Sie müssen verstehen, die Freude, den Jungen bei mir zu haben, hat mich ein bißchen egoistisch gemacht. Ich wollte ihn erst einmal so ganz für mich haben.«

»Ich verstehe«, sagte Bert, »Anne hat mir erzählt, daß Ihr Sohn –«

»Darf ich Ihnen etwas zu trinken anbieten?« unterbrach Gisela ihn.

»Nein, danke.« Bert wartete, überließ es dieser jungen Frau mit dem blassen Gesicht, ihr Verhalten zu erklären.

»Ich habe meinen Mann und meinen Sohn innerhalb eines Jahres verloren«, sagte Gisela. »Ich war sehr einsam. Vorgestern traf ich dann Anne und Peter im Zoo. Ich wurde aufmerksam, weil – weil Peter Ronny ähnelt, meinem Sohn. Ich sprach die Kinder an und lud sie zu mir ein. Ich wagte gar nicht zu hoffen, daß sie kommen würden. Aber gestern brachte Anne mir dann Peter. Sie erzählte mir von ihrer Flucht und ihrer enttäuschenden Ankunft in Köln und bat mich, Peter hierzubehalten. Ich entschloß mich sofort dazu, und, um es kurz zu machen, ich wäre sogar bereit, ihn zu adoptieren.«

»Sie sind sehr direkt«, sagte Bert.

»Ja, warum nicht? Ich habe die Mittel, um Peter eine gute Erziehung geben zu können. Ich bin allein, ich könnte mich ihm voll und ganz widmen. Es wäre für mich – sehr schön, wenn ich Peter behalten dürfte.« Sie hatte schnell gesprochen, mit gesenktem Kopf.

Jetzt blickte sie Bert an. »Wir müßten natürlich alles in Ruhe besprechen. Ich bin gerne bereit, Ihnen alle Unterlagen über meine finanziellen Verhältnisse zu geben – wie gesagt, ich möchte Peter nur bei mir behalten.«

»Das kommt alles sehr überraschend.« Bert zündete sich eine Zigarette an. »Ich wurde gestern nachmittag, als Anne von Ihnen zurückkam, vor die vollendete Tatsache gestellt, daß Peter bei Ihnen ist.«

»Sie wollten die Kinder doch in ein Heim geben, wäre es da nicht besser, wenn Peter bei mir bliebe?«

»Ich habe familiäre Gründe für diesen Entschluß«, erwiderte Bert. »Er fällt mir nicht leicht, denn auch meine Frau und ich hatten an Adoption der Kinder gedacht.«

»Ich weiß«, sagte Gisela. »Anne erzählte mir von Ihrer Tochter Marlis.«

Bert ging nicht darauf ein. Er wollte nicht darüber sprechen, nicht mit einer Fremden.

»Mißverstehen Sie mich jetzt bitte nicht«, sagte er, »aber ich kenne Sie viel zuwenig, um mir ein Urteil darüber erlauben zu können, ob Peter bei Ihnen gut aufgehoben wäre oder nicht. Das ließe sich natürlich klären. Aber haben

Sie bei Ihren Überlegungen auch daran gedacht, daß es sich nicht nur um Peter handelt, sondern auch um Anne? Und daß da noch Hannes Maurer ist, ein guter Freund der Kinder, der hier ein Wort mitzureden hätte?«

»Ich sagte schon, wir können alles in Ruhe besprechen«, erwiderte Gisela.

»Ja, natürlich.« Bert stand auf, trat zum Fenster. Anne und Peter tollten mit dem laut kläffenden Barko auf dem Rasen herum. »Ich glaube nicht, daß man die Kinder trennen darf«, sagte er, ohne sich umzuwenden. »Sehen Sie doch selbst!«

Gisela Fischer trat neben ihn.

»Diese Fröhlichkeit haben die Kinder nur, wenn sie zusammen sind. Ich habe es schon mehrmals beobachtet. Es ist auch erklärlich. Sie waren immer aufeinander angewiesen, der Junge hat seine Eltern kaum gekannt. Er hängt an Anne, und Anne fühlt sich für Peter verantwortlich. – Sie, Frau Fischer, möchten nur ihn bei sich behalten, wenn ich Sie recht verstanden habe?«

Gisela zögerte sekundenlang. »Ja«, sagte sie dann leise. »Ich möchte nur den Jungen haben. Mein Leben ist auf ein Kind eingerichtet, nicht auf zwei.«

Sie wandte sich vom Fenster ab und setzte sich wieder in einen der blauen Sessel.

Bert sah zu ihr herüber. »Damit erübrigt sich eigentlich jede weitere Diskussion.«

Peter polterte in die Halle. »Mensch, ist mir aber heiß!« Er blickte von Bert zu Gisela. »Was macht ihr denn für komische Gesichter? Habt ihr – habt ihr ein Geheimnis?«

»Nein«, lachte Bert. »Aber Frau Fischer und ich möchten dich etwas fragen.«

»Och«, Peter machte eine abwehrende Bewegung mit der Hand, »ob ich hierbleiben will, was? Das wollt ihr doch wissen?«

»Ja«, sagte Bert, »und möchtest du das?«

»Na ja, ich würd' schon hierbleiben«, sagte Peter großzügig, »aber der Barko muß dableiben und die Anuschka auch. Sonst – sonst geh' ich lieber!«

»Ich glaube, wir müssen jetzt sowieso gehen«, wandte Bert sich an Gisela. »Frau Fischer, Sie und ich und wir alle wollen überlegen, was zu tun ist. Rufen Sie mich morgen früh in meinem Büro an?« Er zog seine Brieftasche heraus, gab Gisela seine Karte.

»Ich rufe Sie um elf Uhr an«, sagte Gisela.

Später, als Bert mit den Kindern in Richtung Königsforst zurückfuhr, sagte Peter plötzlich: »Die will mich sogar ein Schwimmbad schenken, Onkel Bert. Doll, was?« Dann zog er nachdenklich die Stirn in Falten. »Aber so allein macht das doch gar kein Spaß, nicht?«

»Ich dachte, sie hätten Besuch, Frau Fischer«, sagte der Polizist und sah sich mit seinen flinken kleinen Augen in der Halle um.

»Nein«, erwiderte Gisela verwundert, »aber bitte, was kann ich für Sie tun?«

»Tja...« Der Beamte drehte seine Mütze in der Hand. »Wegen dem Besuch bin ich nämlich gekommen. Wir hatten da so einen Anruf. Nun ja«, er lachte verlegen, »hat sich jemand einen Scherz gemacht, da sind wir doch tatsächlich angerufen worden, weil der geglaubt hat, Sie haben 'nen kleinen Jungen entführt, weil Sie doch – nu ja –« er fuhr sich mit der Hand verwirrt über die Stirn, auf der sich ein roter Striemen von der Mütze abzeichnete.

»Entführt? Einen Jungen entführt?« Gisela wußte nicht, ob sie sich ärgern oder einfach lachen sollte.

»Ich glaube, Sie setzen sich einen Augenblick, Herr –«

»Schmitz, Josef Schmitz«, stellte sich der Beamte vor.

»Herr Schmitz, damit ich Ihnen von dem kleinen Jungen erzählen kann, der gestern nachmittag und heute morgen bei mir war. Sie können ganz beruhigt sein, entführt hab' ich ihn nicht. Man könnte ihn auch gar nicht entführen, denn er hat keine Eltern. Er ist Vollwaise und stammt außerdem noch aus Polen. Er und seine Schwester sind praktisch allein in den Westen gekommen und fliegen jetzt von einer Hand in die andere. Ich wollte den Jungen adoptieren, aber es sieht so aus, als wäre das nicht so einfach.«

»Nein, das ist es auch nicht«, betonte Schmitz wichtig. »Das Adoptieren ist sogar eine sehr schwierige Sache, Behördensache, verstehen Sie? Aber was die Kinder angeht, die fliegen so durch die Gegend, sagen Sie?«

Gisela nickte.

»Wo sind sie denn im Augenblick?«

»Bei einem Industriellen in Köln. Doch dieser will sie jetzt in ein Heim geben – aus familiären Gründen.«

»Ja«, sagte Schmitz, »das ist dann ja eine Sache für das Jugendamt. Geben Sie mir doch mal die Adresse von dem Herrn aus Köln.«

Wieder in seinem Büro, rief der Polizist Josef Schmitz das Jugendamt an und unterrichtete es von Peter und Anne Hartmann, die »in der Gegend rumflogen«.

Er kam damit seiner Beamtenpflicht nach, die ihm gebot, unbeaufsichtigte Jugendliche und Kinder sofort zu melden.

Die Mühlen der Behörden mahlen langsam, aber in diesem Fall arbeiteten sie schnell. Und so kam es, daß Bert Merten schon am nächsten Tag den Besuch einer Fürsorgerin erhielt, die sich nach den Kindern erkundigte.

Die Vorschrift lautete, daß Kinder und Jugendliche ohne Angehörige und ohne festen Wohnsitz bis zur Klärung des Falles in ein behördlich geleitetes Heim einzuweisen sind. In Peter und Annes Fall hieß dies: Waisenhaus. Doch wurde, da Bert sich verpflichtete, für die Kinder aufzukommen, die Genehmigung erteilt, die Kinder in das »Kinderheim zur Sonne« zu bringen, in dem Ralf einmal seine Schulferien verbracht hatte, als die Eltern auf einem großen Auslandsbesuch waren.

Bert und Hannes brachten die beiden Kinder noch am gleichen Tag dorthin. Sogar Barko durften sie mitnehmen. Der Leiter des Heimes, Robert Theissen, hatte es ausdrücklich erlaubt.

Peter rutschte aufgeregt zwischen Hannes und Bert auf dem Sitz hin und her. »Sind da ganz viele Kinder? Und alle so groß wie ich? Und spielen die alle mit mir? Und muß ich wieder in die Schule gehen? Ich will aber nicht. Ich kann auch gar nicht. Ich kann ja gar nicht deutsch lesen«, plapperte er, ohne überhaupt die Antworten auf seine Fragen abzuwarten.

Auf dem Rücksitz hockte Anne. Sie hielt Barko in ihren Armen. Sie streichelte sein kurzes glattes Fell.

Onkel Bert hatte ihr doch versprochen, daß Peter nicht in ein Heim käme. Er hatte es ihr fest versprochen. Aber jetzt fuhren sie doch in ein Kinderheim. Nicht einmal Hannes sagte etwas dagegen. Er wollte sogar auch, daß sie in das Heim kamen.

Sie sind eben froh, wenn sie uns los sind, dachte Anne. Keiner will uns haben. Erst Tante Eva nicht, und jetzt Onkel Bert und auch Hannes nicht. Sie schluckte. Tränen brannten hinter ihren Augen, aber sie wollte nicht weinen.

Wären wir doch nur in Polen geblieben, dachte sie. Wären wir doch nur in Bilau geblieben. Der olle Onkel Dzymek hätte uns bestimmt nicht weggeschickt. Der hätte uns bestimmt behalten.

Aber vielleicht war das gar nicht wahr? Vielleicht waren Erwachsene eben so. Sie nahmen einen auf, und dann, wenn es ihnen nicht mehr paßte, dann mußte man plötzlich wieder weg. – Nein, dachte Anne, ich bin richtig gemein, ich darf so nicht denken. Sie waren alle sehr lieb zu uns. Tante Marlene hat sogar geweint, als wir wegfuhren.

Aber es half nichts, daran zu denken. Das Gefühl der Verlassenheit blieb und auch die ewige Angst und die Unsicherheit, die man immer spürt, wenn man kein richtiges Zuhause hat.

Das »Kinderheim zur Sonne« war ein großes Fachwerkhaus mit weitläufigen Ställen und Nebengebäuden, umgeben von einem riesigen Garten mit einem Kinderspielplatz, einem Turnplatz, Gewächshäusern und Gemüsebeeten. Das ganze Grundstück war mit hohem, dickmaschigem Draht eingezäunt, der hell in der Wintersonne blinkte.

»Der Zaun ist neu«, sagte Bert, als er den Wagen in die Einfahrt lenkte. »Den hat es im vorigen Jahr noch nicht gegeben.«

Ein junges Mädchen im grauen Arbeitskittel öffnete ihnen die schwere Eichentür des Hauses.

»Herr Doktor Theissen erwartet Sie schon in seinem Arbeitszimmer, Herr Merten.«

»Ist es noch da, wo es im vorigen Jahr war?« fragte Bert.

»Aber sicher«. Das Mädchen lachte mit blitzenden weißen Zähnen. »Wir haben nicht mehr angebaut. Für sechzig Kinder reicht's schon.«

Sie wandte sich an Anne und Peter, die hinter Bert in den dunklen kühlen Flur getreten waren.

»So, und ihr kommt gleich mit mir, damit ihr die anderen Kinder kennenlernt, ja?« Sie gab beiden die Hand.

Peter schaute sie skeptisch an. »Bist du die Heimmutter?«

Das Mädchen, das höchstens zwanzig war, lachte wieder hell auf. »So könnte man es auch nennen! Für euch bin ich die Tante Ingrid.« Sie faßte Anne und Peter bei den Schultern und schob sie vor sich her den Gang entlang, an dessen Ende eine Tür offenstand, aus der lautes Gekreisch und Gelärme dröhnte.

»Wir kommen noch mal zu euch«, rief Hannes ihnen nach, dann folgte er Bert, der schon an die Tür mit der Aufschrift »Büro« klopfte.

»Herein«, antwortete eine dunkle Männerstimme.

Als sie eintraten, erhob sich der Mann hinter dem Schreibtisch und kam mit ausgestreckter Hand auf Bert zu. Er hatte ein schmales, faltiges Gesicht, umrahmt von weißem Haar. Seine Augen waren grau und lagen unter buschigen Brauen.

»Ich freue mich, Sie wieder mal zu sehen. Wie geht's der Frau Gemahlin und Ralf? Macht er noch Kummer?«

Bert schüttelte den Kopf. »Nein, alles in Ordnung. – Darf ich Ihnen Herrn Maurer vorstellen?«

Ein Händedruck. »Ich freue mich«, sagte Theissen.

Sie setzten sich um den runden Konferenztisch vor dem Fenster.

»Wie lange beabsichtigen Sie, die Kinder hierzulassen?« fragte der Heimleiter.

»Bis ich eine richtige Wohnung habe«, erwiderte Hannes. »Ich hoffe, es wird nicht allzulange dauern.«

»Eine Wohnung, das ist so eine Sache«. Theissen klopfte mit dem Bleistift, den er in der linken Hand hielt, auf die Tischplatte. »Was glauben Sie, wie viele Kinder ich hier habe, weil die Wohnverhältnisse zu Hause katastrophal sind? Zu acht Personen hausen die Leute zum Teil auf einem Zimmer – ja, das gibt's noch, selbst im goldenen Westen. Aber das wissen Sie ja selbst. – Und nun zu den Kindern: Welche Schulklasse sollen sie besuchen?«

Hannes hob die Schultern. »Die Kinder, vor allem Anne, sprechen gut Deutsch, aber wie es mit dem Lesen und Schreiben ist, weiß ich leider nicht.«

»Dann werde ich sie morgen erst einmal prüfen.«

In diesem Augenblick gab es über ihnen einen Knall, dann polterte und dröhnte es, als würden Möbel umgeworfen. Die Lampe an der Decke schwankte hin und her.

»Was ist denn das?« fragten Hannes und Bert wie aus einem Mund.

»Eine Prügelei unter den Größeren vermutlich«, sagte Theissen und fuhr fort, ohne dem Lärm weitere Beachtung zu schenken: »Ich nehme die Kinder nur auf, weil Sie sie mir bringen, Herr Merten.«

»Die schlagen sich ja tot!« Hannes sprang auf.

Und wirklich, jetzt war auch Geschrei deutlich verständlich: »Du Hund! Ich mach' dich kaputt... Du verdammter...«

Hannes lief zur Tür, stand für den Bruchteil einer Sekunde ratlos auf dem Flur, wohin er sich wenden sollte, entdeckte dann hinten, wo Peter und Anne verschwunden waren, die Treppe, lief hinauf und fand das Zimmer, aus dem das Gebrüll und der Lärm von sich schlagenden Jungen drangen.

Er riß die Tür auf. Auf dem nackten Holzboden des Zimmers lag ein Junge. Er warf den Kopf hin und her, er blutete an der Schläfe. Ein anderer kniete über ihm, hielt seinen Hals mit beiden Händen.

»Seid ihr verrückt geworden!« Hannes sprang vor, riß den Knienden hoch, schleuderte ihn zur Seite.

Der am Boden lag, rappelte sich stöhnend hoch. »Das Schwein«, murmelte er, »das Schwein, er wollte mich...« Er machte Anstalten, sich wieder auf den anderen zu stürzen, der Hannes verblüfft und eingeschüchtert beobachtete.

Aber Hannes trat zwischen die beiden, packte sie und hielt sie mit ausgestreckten Armen von sich.

»Was geht hier vor? Verdammt noch mal, antwortet!« brüllte er sie an.

»Wer – wer sind Sie denn überhaupt?« stammelte der, welcher an der Schläfe blutete, ein schmaler blonder Junge von vielleicht vierzehn Jahren.

»Seid ihr verrückt geworden, euch so zu schlagen? Um was ging es denn?«

»Der Jochen hat mir 'ne Platte geklaut«, sagte der andere Junge. Die Verblüffung über Hannes' plötzliches Erscheinen malte sich immer noch in seinen teigig-blassen Zügen.

»Ist überhaupt nicht wahr«, schrie der Blonde, »wollt sie mir doch nur ausleihen, aber du Schwein mußt natürlich von anderen immer das gleiche denken, was man vor dir weiß!«

»Du gemeiner Hund!«

Sie wollten wieder aufeinander los. Aber Hannes hielt sie fest. »Los, runter«, sagte er, »zum Direktor.«

Er stieß die beiden Jungen vor sich her zur Tür. Im Gang hatten sich ein paar Kinder gesammelt, Jungen und Mädchen, die neugierig, schadenfroh und auch erschrocken die drei anstarrten.

»Wer is'n das? Is' das 'n neuer Lehrer? Mensch, der geht aber ran...«, murmelten sie und wichen schweigend vor Hannes zurück, der die beiden Jungen an den Kragen ihrer Jacken vor sich her schob.

Unten im Büro saßen Bert Merten und der Leiter des Heims, Robert Theissen, mittlerweile bei einem Glas Sherry.

Theissen schien weder besonders verärgert noch überrascht, als Hannes die beiden Jungen hereinführte.

Und Hannes dachte: Ob dies hier das richtige Heim für Anne und Peter ist? Aber was soll ich tun? Was kann ich vorläufig tun? Ich bin ja auf Merten angewiesen. Wenn er entscheidet, daß die Kinder hierbleiben sollen, kann ich nichts tun, gar nichts.

10

Die Schlafräume der Jungen lagen in der ersten und zweiten Etage des Haupthauses. Die Mädchen waren in einem Nebenflügel untergebracht.

Peter wurde in eine Dachkammer einquartiert, es hatten gerade drei Betten, drei schmale Spinde und ein Tisch mit drei Stühlen Platz. Das Fenster war eine kleine Luke.

»Das ist aber mies«, maulte Peter und blieb unter der Tür stehen.

»Das, mein Junge, würde ich nicht so laut verkünden«, sagte Herr Theissen. »Schließlich hast du es nur Herrn Merten zu verdanken, daß du überhaupt hier bist!«

»Pah«, machte Peter mit einer großartigen Handbewegung. »Deshalb ist es trotzdem ein Loch. Wird das hier denn nie hell? – Und wo soll überhaupt mein Hund schlafen, der Barko?«

»Im Stall«, sagte Herr Theissen.

Peter stampfte mit trotzigen Schritten zu einem der Spinde und riß die Tür auf. »So ein Schrank hat meine Oma für den Besen gehabt«, murrte er. Aber als er sich umwandte, hatte der Heimleiter schon das Zimmer verlassen. Dafür standen zwei Jungen von etwa zwölf und dreizehn Jahren da. Sie betrachteten Peter neugierig, abwartend, abschätzend.

»Bis du der Neue?« lispelte dann der Sommersprossige zwischen seinen Zahnlücken.

»Ja. Ich heiße Peter Hartmann und komm' aus Polen. Und wer bist du?«

»Das ist der Willi, und ich bin der Heini«, sagte der andere, dessen Augen hinter dicken Brillengläsern blinzelten.

»Aus Polen kommste, haste gesagt? Das glaubste doch selbst nicht.« Heini trat einen Schritt weiter ins Zimmer, die Hände in den Taschen seiner Bluejeans. Er stieß mit dem Fuß nach der Kunststofftasche, daß sie Peter aus der Hand fiel. »Ist das dein ganzes Gepäck?«

»Ja und?« fragte Peter aufsässig.

Heini zuckte die Achseln. »Nur so –« Er wandte sich zu dem Sommersprossigen um. »Willi, glaubste, wir sollen ihm überhaupt gestatten, bei uns zu wohnen?«

»Warum denn nicht?« lispelte Willi.

»Wie alt bist du, Peter?«

»Acht, ich werde neun.«

»Da muß er aber auch 'ne Prüfung machen, nicht, Willi?« Heini nahm seine Brille ab und rieb die Gläser an seinem Hosenbein. Dann steckte er sie in die Jackentasche.

»Was für eine Prüfung?«

»Die hier!« Und schon hatte Peter einen Kinnhaken eingesteckt, der ihn lang durchs Zimmer auf den Boden warf.

»Bist du bekloppt?« Vor Verblüffung vergaß Peter, wie weh der Schlag getan hatte. Er rappelte sich hoch. Er ging mit geballten Fäusten auf beide Jungen zugleich los.

»Ich werd's euch zeigen«, schrie er wütend.

Aber Heini hielt ihm die erhobenen Fäuste fest. »Hör mal, du Knirps. Wir werden dich jetzt ganz anständig durchdreschen, verstanden? Du darfst zurückschlagen – ja, das sollst du sogar. Wir wollen nämlich sehen, was in dir drinsteckt. Und wenn wir sehen, was du kannst, dann wirste in unseren Bund aufgenommen, ist das klar? Also –!« Er ließ Peters Fäuste los und stieß ihn zurück.

Aber Peter sprang vor, ließ sich die Prügelei nicht zweimal versprechen. Er schlug und trat um sich, er allein gegen zwei Jungen, die stärker und größer und älter waren als er.

Peter konnte nicht viel ausrichten mit seinen kleinen Fäusten in dieser verbissenen Prügelei. Erst als er durch das Zimmer taumelte, die verkrampften Fäuste vor die Augen gepreßt, ließen die beiden von ihm ab.

Willi, der mit den Sommersprossen, nahm ihn beim Arm und schob ihn zum Bett. Dann ging er zum Duschraum nebenan, kam mit einem nassen Waschlappen zurück und legte ihn Peter auf die Augen.

Heini hatte das Zimmer verlassen – ohne ein Wort.

Willi beugte sich über Peter: »Na, so schlimm war's doch nicht, was?« lispelte er. »Mich haben sie noch ganz anders zugerichtet. Da guck mal«, er riß seinen Mund auf, »die Zähne sind alle futsch.«

Peter preßte trotzig die Lippen zusammen. Aber dann ließ ihm die Neugierde doch keine Ruhe: »Kriegst du keine neuen Zähne mehr?« fragte er.

»Nee, höchstens mal 'n Gebiß.«

»Och, das is aber doll!«

Gleich darauf wimmerte Peter leise vor sich hin. Sein Mund tat so weh. Doch als er den Blick von Willi sah, verstummte er sofort.

»Du mußt noch viel lernen, Kleiner«, sagte Willi großspurig, »und eins rat' ich dir, über alles, was du lernst, den Mund halten, verstanden – auch über die Probe eben, klar?«

Peter nickte. »Aber – aber wenn sie mich fragen?«

»Schnauze halten. – Und außerdem«, Willi grinste, »wird dich schon keiner fragen, das kannste mir glauben.«

Und so war es auch: Niemand fragte Peter, wie er zu seinem verschwollenen, blaugeschlagenen Gesicht gekommen war.

Beim Abendessen machte Dr. Theissen die übliche Runde durch den Speisesaal. Seine Zöglinge beachteten ihn kaum. Sie aßen hastig, schielten auf die Teller ihrer Nachbarn, schielten zu »Tante Ingrid«, die mit zwei Mädchen von der Küche die Essenausgabe überwachte – sie mußten sich beeilen, wenn sie noch eine zweite Portion bekommen wollten.

Anne, die am Tisch der größeren Mädchen saß, sah, daß etwas mit Peter nicht in Ordnung war. Er bewegte seine Hände beim Essen seltsam hölzern, so, als täte ihm jede Bewegung weh, und er sah nicht ein einziges Mal zu ihr hin.

Er hielt den Kopf gesenkt so gut es ging, ohne daß der Schmerz in seinem Nacken zu stark wurde. Er hätte am liebsten geweint, aber gerade dies durfte er nicht, das wußte er. Die Jungen, die neben ihm und ihm gegenüber saßen, hätten es gesehen, und das wollte er nicht. Er hatte gleich mit der ersten Prügellektion begriffen, daß in diesem Haus, das von außen so gut geführt und gut behütet wirkte, sonderbare Sitten herrschten.

Wenn Peter erwachsen gewesen wäre und mit Dr. Theissen darüber gesprochen hätte, wäre die Antwort gewesen: »Es gibt eben keine Kräfte zur Beaufsichtigung der Kinder, und außerdem sind die Kosten sowieso zu hoch. Die Preise steigen ständig, aber für ihre Kinder, die bei mir sind, wollen die Eltern nicht mehr Kostgeld bezahlen. Ich habe einmal versucht, die Gebühren um nur fünf Prozent anzuheben, der Erfolg war: Die Eltern wollten ihre Kinder aus meinem Hause nehmen. Ich weiß, daß hier vieles im Argen liegt, doch ich kann es nicht ändern.« Aber darüber hinaus war Dr. Theissen auch fest davon überzeugt, daß die Kinder es bei ihm immer noch besser hätten als in ihrem Zuhause – wo niemand sich um sie kümmerte.

Das wäre Theissens Erwiderung gewesen. Aber Peter war noch ein Kind, er konnte keine Fragen stellen und auch nicht aufbegehren. Er konnte nur stumm hinnehmen, was im »Heim zur Sonne« geschah.

Das Essen war auf die Minute pünktlich um sieben Uhr beendet.

»Wir wollen beten«, befahl die helle Stimme von »Tante Ingrid«.

Stühle wurden gerückt, Kinderfüße trampelten. Die Mädchen und Jungen standen auf, falteten die Hände und senkten die Köpfe.

»Wir danken dir, Vater im Himmel, für Speise und Trank, Amen.«

»Und jetzt, marsch ins Bett!«

Die Kinder stießen und drängten unter Gelärme nach draußen, verschwanden jeweils zu dreien oder vieren in den Zimmern.

Anne lief hinter Peter her. Sie packte ihn am Arm und zog ihn in eine Nische des Treppenaufgangs.

»Peter, um Himmels willen«, ihre Hand strich über sein kleines, verschwollenes Gesicht. Er zuckte zurück.

»Laß mich!« Peter wollte weiter, die Treppe hoch. Aber sie hielt ihn fest.

»Peter, was ist passiert?« flüsterte Anne.

»Nichts!« Peter preßte die Lippen zusammen.

»Mir kannst du es doch sagen, Pjotr!«

Ein schneller scheuer Blick aus seinen großen Augen, der schon geöffnete Mund – »Ich ... ich bin ...«

»He du«, fuhr eine Jungenstimme dazwischen, »komm mit nach oben, Pitt«, und eine kräftige Hand zog Peter von Anne fort, weiter die Treppe hinauf.

Im Halbdunkel der spärlichen Flurbeleuchtung hatte

Anne nur das Blitzen von Brillengläsern vor einem schmalen Jungengesicht gesehen. Sie starrte den beiden nach. Peter verschwand, von dem anderen mehr gestoßen als geführt, oben im Gang.

»Was stehst du denn da rum?« rief von unten die Stimme von »Tante Ingrid«. Sie stand mitten im Flur, die kräftigen Arme in die Hüften gestemmt.

»Ich ... Ach bitte, mein Bruder ...« Anne stolperte die Treppe hinunter.

»Na ja, du bist ja noch neu«, sagte Ingrid versöhnlich. »Aber merk's dir, hier im Bau von den Jungen hast du nach dem Abendessen nichts zu suchen.«

Anne nickte. »Ich – ich wollte doch nur Peter sehen.«

»Du kannst deinen Peter morgen früh wieder sehen. Und jetzt lauf nach drüben. In einer halben Stunde geht das Licht aus. – Gute Nacht.«

Anne ging den Flur entlang, der zu dem Seitenflügel führte, in dem die Mädchen schliefen.

Die hat ja noch nicht einmal gewußt, wie ich heiße und daß Peter mein Bruder ist, dachte Anne. Wir sind Fremde hier, und wir werden es immer bleiben.

Zimmer neun. Gemurmel drang heraus. Anne blieb stehen. Sie legte die Hand auf die Klinke. Hier sollte sie schlafen, mit der rothaarigen Christine und den beiden blonden Schwestern Ute und Dagmar.

Das Gespräch verstummte, als Anne das Zimmer betrat. Die drei Mädchen hockten auf dem Bett unter dem Fenster. Sie wandten ihre Gesichter Anne zu, mit blanken, neugierigen, prüfenden Jungmädchenaugen.

»Guten Abend«, sagte Anne. Sie erhielt keine Antwort.

Christine erhob sich. »Dann macht mal Schluß für heute, die Neue ist da«, sagte sie abweisend und stakste in ihrem kurzen Nachthemd zu ihrem Bett hinüber.

Die pummeligen Schwestern Ute und Dagmar krochen ebenfalls in ihre Betten.

Für Anne blieb die schmale Liege neben der Tür. Gleich

am Kopfende war das Waschbecken, und sie mußte vorsichtig sein, damit sie nicht daran stieß.

Unter den starrenden Augen der Mädchen zog Anne sich aus und streifte ihr Nachthemd über.

»Warum läßt du denn dein Unterhemd an?« fragte Christine. »Schämst du dich vor uns?«

»Die hat doch noch nichts in der Bluse«, kicherte Ute und kuschelte sich behaglich in ihrem Bett zurecht.

»Guck mal, die wird sogar noch rot«, spottete Dagmar mit ihrer hellen Stimme. »Ich wette, dabei kann sie noch nicht mal bis drei zählen.«

In diesem Augenblick ging das Licht aus.

Anne war froh darüber. Sie schlüpfte auf ihre Liege, stieß sich prompt den Kopf am Waschbecken. Sie unterdrückte den kleinen Schmerzenslaut und zog die Decke bis an ihr Kinn hoch.

Sie starrte mit weiten Augen in die Dunkelheit.

Unser erster Tag im Kinderheim, dachte sie, und es ist noch viel schlimmer, als ich es mir vorgestellt habe.

Eva erkannte Hannes Maurer sofort wieder, als er die Bar betrat. Sie beobachtete ihn aus den Augenwinkeln, während sie das hohe geschliffene Glas mit zerstoßenem Eis füllte und den glasiggrünen Pfefferminzlikör darüber laufenließ.

»Bitte«, sie schob dem Mann in dem auffallend karierten Sakko vor ihr an der Theke das Glas zu. »Thanks«, erwiderte er mit dicker Stimme. Eva lächelte an ihm vorbei.

Hannes Maurer kam über die Tanzfläche auf sie zu. Er war groß, breitschultrig, und auf irgendeine Art ähnelte er Werner Hartmann. Er war der gleiche Typ und doch anders. Selbstbewußter? Nein, das war es nicht. Zielbewußter? Ja, das stimmte schon eher. Er wußte genau, was er wollte.

»Guten Abend«, sagte Hannes. Er setzte sich neben den Mann in dem grellen Sakko. Der blinzelte mit müden Augen zu ihm auf. Für ihn war es Zeit, mit der Trinkerei aufzuhören.

»Ich hätte gern einen Cognac«, sagte Hannes.

»Gern«, erwiderte Eva.

Sie füllte ein Glas, schob es ihm zu.

Er trank nicht sofort. »Ich soll Sie von Peter und Anne grüßen«, sagte er.

»Wie geht es ihnen, was machen sie? Sind sie jetzt bei Ihnen oder noch bei Mertens?«

»Wir haben sie heute in ein Kinderheim gebracht.«

»Nein!« Evas Hand fuhr zum Mund hoch. »Aber warum denn?«

»Es mußte sein«, sagte Hannes. »Es wäre eine zu lange Geschichte, um sie jetzt zu erzählen.« Er nahm einen Schluck von dem Cognac.

Er sah an Eva vorbei. »Ich frage mich auch die ganze Zeit, ob es richtig war – aber was nützt das, wenn es keinen anderen Weg gab?«

Wie für die meisten Menschen war auch für Eva ein Kinderheim das gleiche wie ein Waisenhaus. Sie sah Kinder in grauen Kitteln vor sich, arme verlassene Kinder, um die sich niemand kümmerte, die im Gänsemarsch zum Spaziergang geführt wurden, im Gänsemarsch zur Schule, Einheitsessen erhielten, einen Einheitsschlaf schliefen – ein Einheitsleben führten.

»Gab es denn wirklich keinen Ausweg? Bert – ich meine, Herr Merten sprach doch von Adoption?«

»Dagegen sprachen familiäre Gründe. Und dann schaltete sich durch einen Zufall das Jugendamt ein. Von da an war es nicht mehr aufzuhalten. Es ging ganz schnell, innerhalb von knapp zwei Tagen.«

Eva füllte sein leeres Glas.

»Mädchen, gib mir meine Rechnung«, babbelte der Mann im grellen Sakko dazwischen. Er rutschte von seinem Hokker, hielt sich schwankend an der Messingstange fest, die um die Bar lief.

Eva gab ihm den Kassenbon. Der Mann fuchtelte mit einem Geldschein durch die Luft. »Wo kann man denn hier schlafen, ich will schlafen...«

Ein Blick von Eva zu dem Kellner Thomas. Er kam, faßte den Mann beim Arm und führte ihn ruhig aber bestimmt nach draußen.

Der Raum war jetzt leer. Die Band war noch nicht erschienen. Ihre Instrumente lehnten verlassen auf dem Podium im Hintergrund. In der Luft war ein Geruch nach kaltem Rauch und süßlichem Parfum vom Vorabend.

»Haben Sie überhaupt schon was gegessen?« fragte Eva.

Hannes schüttelte den Kopf. »Wir sind eben erst vom Heim zurückgekommen.«

»Im Hinterzimmer steht ein Eisschrank. Ich muß zwar hierbleiben, das Geschäft fängt gleich an. Aber Sie können sich was zu Essen machen, wenn Sie wollen.«

»Danke, ich habe keinen Hunger. Geben Sie mir lieber noch einen Cognac.« Hannes schob ihr sein Glas zu.

Eva beugte sich über die Theke. Sie sah ihn mit ihren großen grauen Augen an.

»Was wollen Sie im Cognac ertränken?« fragte sie so leise, daß der Kellner es nicht hören konnte, der jetzt wieder in seiner Nische mit der Bild-Zeitung raschelte. »Ich habe schon einmal erlebt, wie jemand sein Gewissen, seine Erinnerung und sein Leben ertränkte«, fuhr sie eindringlich fort. »Es ist noch gar nicht so lange her. Tun Sie es nicht.«

Hannes blickte auf, sah sie an. »Wer war es?«

»Hartmann.«

»Nein.«

»Doch.«

»Ich glaube es nicht.«

»Ich wollte es Ihnen nicht sagen, weil er Ihr Freund war. Aber glauben Sie mir, es war so. Er fand sich nicht zurecht hier – im Westen. Aber Sie –«, Eva sah von ihm fort, »Sie sind anders als er. Und Sie sind gerade erst angekommen. Sie haben noch alles in der Hand. Ich sage es Ihnen, weil

Hartmann zu spät kam. Ich meine, weil er zu spät zu mir kam. Da hatte es schon keinen Sinn mehr, es ihm zu sagen.« Sie lächelte verloren vor sich hin. »Ich habe es oft genug versucht, aber es war so, als wate er durch Sand. Er sank immer tiefer ein, ob er es wollte oder nicht.«

Ihr Blick kehrte zu Hannes zurück, sie sah ihn fest an. »Ich möchte die Kinder besuchen«, sagte sie. »Wollen Sie mir die Adresse geben?«

»Ja«, er kritzelte ihr die Adresse auf ein Blatt des Kassenblocks.

»Wie sind Sie eigentlich hierhergeraten, in dieses Milieu?« fragte Hannes nach einer Weile.

»Auch das ist eine lange Geschichte«, Eva lächelte, »viel zu lang.«

»Wollen Sie es mir nicht einmal erzählen?«

»Vielleicht. Nehmen Sie einfach an, ich sei hier hängengeblieben«, sagte Eva, »nach dem Krieg, als man sowieso nicht wußte, was man anfangen sollte. Als ich fünfzehn war, wollte ich Kinderärztin werden«, sie wischte sich eine Strähne aus der Stirn. »Kinderärztin – aber das ist lange her und fast schon vergessen.«

»Und hat nie jemand versucht, Sie hier herauszuholen?«

Sie wurde ernst. »Doch«, antwortete sie. »Aber er hat es nicht richtig angefangen. – Und es ist nicht so einfach, seine Unabhängigkeit aufzugeben, wenn man nichts dafür eintauscht.«

Tagsüber ging im Kinderheim alles seinen geregelten Gang, wenn man von zeitweiligen Prügeleien und Dummejungenstreichen absah.

Der Morgen war in Schulstunden unterteilt. Um ein Uhr wurde zu Mittag gegessen. Von zwei bis drei war Mittagsruhe, anschließend kam eine Stunde Gartenarbeit, von der auch die jüngsten Kinder nicht ausgenommen waren. Der Rest des Nachmittags verging mit Spielen, Basteln oder Handarbeiten. Manchmal wurde samstags ein Film vorgeführt, oder die größeren Kinder durften mit dem Heimleiter die Kreisstadt besuchen.

Es war eine zwar geregelte, doch lieblose Unterteilung des Tages. Da war niemand, der sich auch nur einmal mit einem einzelnen Kind beschäftigte, dafür hatten weder Dr. Theissen noch »Tante Ingrid« Zeit. Und die drei Lehrer, welche die Kinder unterrichteten, kamen nur zu den Schulstunden ins Heim.

Jedes der Kinder war auf sich selbst angewiesen. Zuerst war dies eine bittere Erfahrung, aber schon bald gewöhnten sie sich daran, allein zu sein, einsam. Sie verlangten und erwarteten gar nicht mehr, daß sich jemand um sie kümmerte.

»Peter, warte doch!« Anne lief hinter ihrem Bruder her zur Turnhalle. »Pjotr, bitte.«

Der Junge blieb stehen, den Kopf gesenkt.

»Was willst du?« Er scharrte mit den Füßen.

»Peter, ich seh' dich überhaupt nicht mehr!« stieß Anne atemlos hervor.

Ein schneller Blick unter gesenkten Lidern. »Ist ja gar nicht wahr. Beim Frühstück und beim Mittagessen und beim Abendessen siehst du mich doch.«

»Ja, aber ich meine sonst – immer bist du mit den Jungen zusammen.« Anne sah zur Turnhalle hin, aus der ohrenbetäubender Lärm herumtollender Kinder drang.

»Na und?« fragte Peter mürrisch. Er stieß seine Fäuste in die Taschen seiner Trainingshosen.

»Pjotr, was ist bloß los mit dir?« Anne faßte ihn bei beiden Schultern. »Du bist ganz anders, so verschlossen, so ...«

»Quatsch«, sagte Peter laut und deutlich.

Er machte sich aus Annes Händen los. »Ich muß turnen, tschüß.«

Er lief ein paar Schritte, blieb dann stehen und blickte zu Anne zurück. Seine Augen waren groß und dunkel. »Es –

es ist doch alles egal«, sagte er. »Es kümmert sich doch keiner um uns. Da kannst du mich doch auch in Ruhe lassen.«

»Pjotr!«

Aber der Kleine schüttelte nur wild den Kopf, und dann rannte er in die Turnhalle.

Anne wagte nicht, ihm nachzugehen. Man sah es nicht gern, wenn sich die Mädchen zu den Jungen gesellten.

Am Sonntag besuchte Hannes die Kinder. Sie warteten auf ihn im Besuchszimmer.

»Wie gefällt's euch denn hier?« fragte Hannes. Er zog seinen Mantel aus und hängte ihn an den Garderobenhaken. Er war mit den Kindern allein.

»Wann kommst du uns holen?« fragte Peter. Er stand mit dem Rücken zum Fenster. Seine kleine Gestalt hob sich dunkel gegen das helle Geviert ab.

»Sobald ich kann. Wenn ich eine eigene Wohnung habe«, sagte Hannes. Er kramte zwei Tafeln Schokolade aus seinen Manteltaschen.

Peter behielt seine Hände auf dem Rücken.

»Magst du keine Schokolade mehr?«

Peter schüttelte den Kopf.

»Ich – ich verwahr' sie für Peter, bis er wieder welche mag«, sagte Anne schnell.

»Dann kann ich ja gehen«, sagte Peter. »Die anderen Jungen warten schon.«

»Aber Peter!«

»Tschüß«, sagte der Junge. Ohne Hannes die Hand zu geben oder sich um seine Schwester zu kümmern, stapfte er aus dem Raum.

»Was ist denn mit ihm los?« fragte Hannes verblüfft.

»So ist er jetzt immer, seit wir hier sind, seit –«

»Seit was?« fragte Hannes.

Anne zuckte die Schultern. Es war besser, nichts von der Prügelprobe zu verraten, die Peter durchgemacht hatte.

»Wie geht es Ralf, und ist Marlis wieder zu Hause?« fragte sie statt dessen.

Hannes nickte. Er blickte nachdenklich zum Fenster hinaus, sah eine Gruppe von Jungen durch das Tor schlendern, mitten unter ihnen Peter.

»Dürft ihr hier eigentlich so ohne weiteres raus?« fragte er.

»Nur die Größeren«, erwiderte Anne.

»Peter gehört aber doch nicht dazu?«

»Nein, aber er schläft bei den Großen, weil bei den Kleinen kein Platz mehr ist.«

Der Ofen in der Ecke bullerte. Es war ein dumpfes Geräusch, das einzige in dem kahlen, grüngestrichenen Zimmer.

»Kommst du nächsten Sonntag wieder?« bat Anne.

»Aber sicher«, versprach Hannes.

»Vielleicht dauert es nicht mehr lange – mit deiner eigenen Wohnung?«

»Hoffentlich nicht.« Hannes strich dem Mädchen über die Wange. »Ich hol' euch hier heraus. Ganz bestimmt. Ihr müßt nur ein bißchen Geduld haben.«

Daran dachte Anne, als sie abends in ihrem Bett lag. Das Licht war schon ausgeschaltet, und es war so dunkel im Zimmer, daß sie nichts erkennen konnte.

Von dem Bett unter dem Fenster hörte sie das Gemurmel der anderen Mädchen.

»Aber wenn die uns verpetzt«, flüsterte Ute.

»Soll sie mal versuchen, dann kann sie aber was erleben«, antwortete die rothaarige Christine.

»Der Film fängt um elf Uhr an. Wenn wir gehen wollen, müssen wir uns beeilen«. Das war Dagmars Stimme.

Nackte Füße tappten durch das Zimmer, Kleider raschelten. Dann zischte ein Zündholz auf, verbreitete seinen gelben Schein durch den Raum, flackerte und erlosch. Die rothaarige Christine kam zu Annes Bett.

»He, schläfst du schon?«

»Mhm«, murmelte Anne, sie hatte schnell gelernt, sich zu verstellen.

»Wenn du willst, kannst du mitgehen. Wir wollen ins Kino.«

»Laßt mich doch schlafen«, murmelte Anne.

»Na, dann penn mal, aber halt deinen Mund, verquatsch dich bloß nicht, wenn die Ingrid was merkt, sonst wirst du dich wundern.«

»Nein.« Anne drehte sich auf die Seite, zog die Decke über ihr Gesicht.

Die drei anderen Mädchen verließen das Zimmer. Die Tür schloß sich mit leisem Klappen hinter ihnen. Dann war es still.

Anne drehte sich wieder auf den Rücken.

Ich habe gedacht, es wird anders mit Peter, wenn er Onkel Hannes sieht. Aber es ist nicht anders geworden. Er ist mürrisch und verschlossen, und manchmal traurig. Und er hat kein Vertrauen mehr. Ja, das ist es: Peter hat kein Vertrauen mehr. Er denkt, alle haben uns vergessen.

Aber das ist nicht so. Ganz bestimmt nicht. Nur – sie haben eben alle keine Zeit. Da sind so viele andere Dinge, an die sie denken müssen. Tante Eva hat ihre Bar, Onkel Bert seine Kinder, und Hannes – Hannes muß doch erst eine Wohnung finden. Wenn er eine Wohnung hat, dann holt er uns bestimmt. Er hat es versprochen.

Aber Onkel Bert hatte auch versprochen, daß wir nicht in ein Heim kommen – und er hat es nicht gehalten.

Onkel Hannes ist nicht Onkel Bert!

Wenn Peter bei der schwarzen Dame geblieben wäre, vielleicht hätte ich doch zu Hannes gekonnt. Ich brauch' doch nicht viel Platz. Und ich hätte für ihn gekocht, all die schönen Mehlspeisen und den guten Borschtsch, den er so gern ißt. Ich hätte ihm auch seine Hemden gewaschen – nur bügeln, das kann ich noch nicht gut, aber das hätte ich schon gelernt.

Sie malte sich aus, wie sie für Hannes gesorgt hätte. Auch wenn das Zimmer noch so klein war – es wäre ein Zuhause gewesen.

Und darüber schlief sie ein.

Tagsüber waren die Kinder zwar beaufsichtigt, doch die Nächte hatten ihr eigenes Leben. Das sollte Peter sehr bald und sehr gründlich erfahren.

Er hockte mit seinen beiden Zimmergenossen zwischen den Betten auf dem Boden. Eine Taschenlampe verbreitete funzeliges Licht. Heini rückte seine Brille auf der Nase zurecht. »Der Otto könnte auch bald kommen...«

In diesem Augenblick öffnete sich die Tür. Ein Junge schob sich herein, vielleicht vierzehn, fünfzehn Jahre alt, hochaufgeschossen, mit langen schlaksigen Beinen in viel zu weiten Pyjamahosen.

»Na endlich, Otto«, sagte Willi.

»Schnauze!« zischte der Lange. Er schob Peter zur Seite. »Mach mal Platz!« Er lehnte sich mit dem Rücken gegen die Wand, stieß mit seinen spitzen Knien gegen das Bett.

»Na, wann geht's los? Morgen abend?« fragte Willi eifrig.

»Schnauze«, sagte der Lange noch einmal. »Zuerst rede ich.« Sein Blick aus eng zusammenstehenden Augen traf Peter, lief prüfend über dessen Gesicht, so, als wolle er herausfinden, was hinter der glatten Kinderstirn vor sich ging.

»Wie alt bist du?« fragte er.

»Acht, ich werde neun.«

»Hat er die Prüfung bestanden?« wandte er sich an die beiden anderen.

Willi und Heini nickten. »Ja. Er hat auch den Mund gehalten. Seine Schwester hat ihn zwar bearbeitet, aber er hat nicht gequatscht.«

»Du kannst also ein Geheimnis bewahren?« Otto bemerkte sehr gut, daß Peter bei dem Wort Geheimnis aufhorchte.

»Na klar!« Peter bemühte sich, in dem gleichen nachlässigen Tonfall zu sprechen wie die größeren Jungen. »Mann, was ich schon Geheimnisse weiß!«

»Na, was denn zum Beispiel?«

»Och, da... Ja, da ist...« Peter verstummte.

Ein flüchtiges Grinsen glitt über Ottos Gesicht. »Okay, wollen wir ja auch gar nicht wissen. Also«, er griff nach der Taschenlampe und ließ sie spielerisch auf- und zuschnappen, »morgen abend. Trainingsanzüge und Turnschuhe. Um elf Uhr an der hinteren Gartenpforte. Daß euch keiner sieht, klar?«

»Mensch! Natürlich!«

»Gut. Ich bin dann entweder schon da, oder ihr wartet auf mich. Es ist 'ne Stunde Weg. Um zwölf sind wir da.«

Peter hatte mit offenem Mund gelauscht, jetzt entfuhr es ihm: »Wo?«

Otto sah ihn an. »Schnauze. Hier wird nur geredet, wenn ich was frage.«

Peter zog den Kopf ein.

»Ihr wißt, was ihr zu tun habt?« fragte der Lange.

»Ja.« Willi und Heini nickten.

»Okay, ich habe es mir ausgerechnet. Es springt für alle genug dabei heraus. Und du –«, Otto wandte sich an Peter, »du kriegst auch was, wenn du Schmiere stehst.«

»Schmiere?« flüsterte Peter verständnislos. »Was ist denn das?«

»Na, aufpassen«, sagte Otto. »Verstehste, aufpassen, ob jemand kommt. Und wenn jemand kommt, dann pfeifste. Kannste das?«

»Pfeifen? Ja«, nickte Peter. »Aber warum darf denn keiner kommen? Was wollt ihr denn machen?«

»Na, du bist aber doof, klauen natürlich.«

»Klauen?« wiederholte Peter. »Klauen, was ist denn das nun wieder?«

Die drei anderen Jungen starrten sich verblüfft an.

»Weißte das denn wirklich nicht? Verstehste kein Deutsch?« fragte Heini.

Peter schüttelte den Kopf. »Nee, weiß ich nicht. Kann ja auch nicht alles wissen. Bei uns in Bilau hab' ich es noch nie gehört.«

»Hier wirste es noch oft hören«, sagte Otto und grinste dabei über das ganze Gesicht.

11

Es war Nacht. Der Garten dehnte sich dunkel bis zu den Bäumen.

Anne stand im Duschraum am Fenster. Sie hielt ihre Wolljacke mit beiden Händen unter dem Kinn zusammen. Sie fror.

Jetzt schob sich hinter den Pappeln der Mond aus den Wolken, eine blasse weiße Silberscheibe.

Ich glaube es nicht, dachte Anne. Peter tut so etwas nicht. Er stiehlt nicht.

Sie sah das Gesicht der rothaarigen Christine wieder vor sich, mit spöttisch heruntergezogenen Mundwinkeln. »Ihr seid doch immer so anständig, wie, ihr Polacken? Aber trotzdem geht dein Bruder heute abend mit dem Langen auf einen großen Fischzug!«

Anne hatte sie verständnislos angeblickt.

»Ja, starr mich bloß an! Ich weiß es genau. Der lange Otto hat's mir verraten. Er meint, dein Peter eigne sich gut zum Schmierestehen!«

Das war nach dem Abendessen in ihrem Zimmer gewesen. Und jetzt stand Anne hier, schwankte zwischen dem Nicht-glauben-wollen und der Gewißheit, daß Peter unter schlechten Einfluß geraten war.

Sie öffnete vorsichtig das Fenster. Es machte kein Geräusch. Sie beugte sich hinaus, horchte in die Nacht.

Nichts zu sehen. Lautlose Stille. Das »Kinderheim zur Sonne« schlief.

Anne schwang sich auf das Fensterbrett, kletterte an dem knorrigen Gestrüpp des wilden Efeus wieder hinunter.

Sie lief hinüber zu dem Geräteschuppen, kauerte sich im Schutz des Brennholzstapels hin.

Durch die Nacht wehte das dumpfe Brausen der Lastwagen auf der Landstraße. Plötzlich ein Geräusch vom Haupthaus her. Das Knarren einer Tür.

Wieder Stille.

Und dann drei kleine Gestalten, die sich lautlos über den Weg und die Wiese heranbewegten.

Anne erkannte Peter sofort. Er schlich als letzter. Er wandte immer wieder den Kopf zum Haupthaus hin, folgte den anderen nur zögernd.

Die Jungen waren jetzt so nah, daß Anne ihren Atem hören konnte. Als Peter gerade vorübergleiten wollte, sprang sie vor und faßte ihn am Arm. »Peter! Was machst du hier?!«

Ein schreckerfülltes Gesicht, ein Mund, der sich stumm bewegte.

Spannung und Angst, die Anne empfunden hatte, machten sich in einer Ohrfeige Luft. »Ich hätte nie gedacht, daß du so etwas tun könntest! Stehlen! Pfui!«

Sie wandte sich mit blitzenden Augen an die beiden anderen Jungen, die verblüfft zurückwichen. »Und ihr, ihr solltet euch schämen, Peter zu so etwas anzustacheln. – Los, zu Herrn Theissen!« befahl sie.

»Nu mal langsam, Mädchen«, sagte in diesem Moment der lange Otto und hielt Anne mit kräftigem Griff an der Schulter fest. »Hier wird nicht verquatscht, verstanden? Sonst kannste aber was erleben!«

Anne gab dem Langen einen Stoß mit der Faust vor die Brust.

»Ich habe keine Angst vor dir, auch wenn alle anderen Angst haben. Ich nicht! Und ich sage Herrn Theissen alles.

Und wir –«, sie wandte sich an Peter, »wir bleiben nicht länger hier, keine Stunde!«

Energisch schob sie Peter vor sich her zum Haus, ohne sich weiter um die drei anderen Jungen zu kümmern.

Und seltsam, die Jungen ließen sie widerspruchslos gehen.

Sie war jetzt ganz sicher, was sie zu tun hatte. Plötzlich wußte sie, auch wenn man ein Kind war, mußte man nicht zu allem schweigen.

Anne drückte auf den Klingelknopf neben der Tür mit der Aufschrift »Privat«.

Drinnen rührte sich nichts.

Neben ihr stand Peter, mit gesenktem Kopf. Und wie immer, wenn er ärgerlich oder trotzig war, scharrte er mit den Füßen.

Anne pochte gegen das dunkle Eichenholz der Tür. Sie klopfte so lange, bis sich endlich innen Schritte näherten.

»Verdammt noch mal, wer ist denn...« Dr. Theissen öffnete die Tür, verstummte, als er die Kinder sah. Er war noch angezogen. Er konnte noch nicht geschlafen haben.

»Herr Doktor Theissen, ich muß Sie sofort sprechen«, sagte Anne.

»Was fällt euch denn ein? Mitten in der Nacht? Das hat doch wohl bis morgen Zeit. Und überhaupt, wie kommt ihr hierher? Ihr solltet längst schlafen!«

»Die wenigsten Kinder schlafen nachts in diesem Haus«, sagte Anne fest.

»So?« Dr. Theissen musterte sie mit plötzlich mißtrauischem Blick von oben bis unten. »Ja, dann kommt mal rein. Das mußt du mir wohl näher erklären.«

Er ging ihnen voran ins Wohnzimmer. Auf dem Mahagonitisch in der Mitte lag ein aufgeschlagenes Buch, daneben stand eine halbgeleerte Flasche Wein.

»Setzt euch«, sagte Dr. Theissen.

Anne und Peter gehorchten.

»So – warum seid ihr nun gekommen?«

»Ein paar der Jungen wollten heute nacht einen Einbruch machen. Auch meinen Bruder haben sie dazu angestiftet. Er sollte Schmiere stehen.«

»Was du nicht sagst!« Die Stimme des Heimleiters hob sich. »In meinem Haus? Unter diesem Dach? Das gibt es ja gar nicht.«

»Doch«, beharrte Anne. »Gehen Sie doch und fragen sie den Langen.«

»Wer ist denn das?« fragte Dr. Theissen verblüfft.

»Das ist der Otto«, sagte Peter.

»So, der Otto«, murmelte Dr. Theissen. Er runzelte nachdenklich die Stirn – das konnten Anne und Peter sehen, aber sie ahnten nicht, was er dachte: Der Vater von Otto hatte erst vor kurzem dem Heim eine größere Spende zugehen lassen, man war ihm daher verpflichtet, und man mußte deshalb bei dem Jungen auch schon mal ein Auge zudrükken.

»Dann geht mal wieder auf eure Zimmer«, sagte Dr. Theissen endlich. »Ich werde mir den Otto morgen vorknöpfen.«

»Morgen?« Anne schüttelte den Kopf. »Aber die wollen heute nacht –«

»Wie ich dich verstanden habe, bist du ihnen doch dazwischengekommen, nicht wahr?« unterbrach Dr. Theissen sie.

»Ja.«

»Siehst du, also werden die Jungen heute nacht keine Dummheit mehr wagen.«

»Dummheit?« murmelte Anne verständnislos.

»Ja, ja...« Der Heimleiter wies zur Tür. »Geht mal schön wieder in eure Zimmer. Ich habe noch zu arbeiten.«

Anne stand nur widerwillig auf, aber Peter war um so erleichterter.

Dr. Theissen brachte die Kinder hinaus. Er hüstelte. »Ich danke euch auch, daß ihr gekommen seid.«

Dann schloß sich die Tür hinter ihnen. Sie standen allein in dem dunklen Garten.

»Jetzt werden sie mich hauen«, flüsterte Peter. »Jetzt hauen die mich ganz doll.« Seine Stimme klang klein und verloren. »Und du bist schuld, wenn die mich hauen. Wenn die mich jetzt jeden Tag hauen.«

»Komm«, sagte Anne. »Dich wird keiner mehr schlagen.«

Energisch zog sie Peter mit sich. Sie gingen um das Haus herum zur Straße.

»Wo willst du denn hin?« fragte Peter. »Was machst du denn?«

»Wir gehen fort«, erwiderte Anne bestimmt, »und wir kommen nie wieder zurück.«

»Aber der Barko. Wir können doch den Barko nicht hierlassen?« maulte Peter, den Tränen nahe.

»Den kann Hannes später abholen«, sagte Anne.

»Gehen wir denn zum Onkel Hannes?«

»Vielleicht.«

»Aber der kann uns doch gar nicht brauchen«, wandte Peter mutlos ein. »Der ist doch froh, daß wir im Heim waren.«

»Weißt du, daß du sehr viel Ähnlichkeit mit Hartmanns Frau hast?« fragte Hannes. Er hob sein Weinglas und trank Eva zu.

Ihre Lippen waren schmal, als sie ihr Glas auf den Tisch zurücksetzte. »Sag das nie wieder«, bat sie, »bitte. Werner, ich meine Hartmann, hat das auch immer gesagt. Aber ich möchte nicht aussehen wie irgend jemand. Ich möchte ich selbst sein.«

»Das bist du doch«, sagte Hannes und legte seine Hand auf ihre schmalen Finger. »Für mich bist du nur du.«

Das Leuchten kehrte in ihre Augen zurück. »Wann hast du das zum erstenmal gemerkt – ich meine, wann hast du zum erstenmal...«

»Du stotterst ja«, sagte Hannes. »Eva, du stotterst wie ein kleines Mädchen.«

»So fühle ich mich auch bei dir«, erwiderte sie leise.

»Aber ich habe dich etwas gefragt«, beharrte sie dann.

»Warum willst du es wissen?«

Sie hob die Schultern, ihr Haar glänzte im Schein der Tischkerze hell auf.

»An dem Abend, als ich die Kinder in das Heim gebracht hatte«, sagte Hannes. »Als ich da zu dir kam und du nicht viel fragtest, sondern einfach verstandest, da – ja ich glaube, da habe ich zum erstenmal –« Er suchte nach Worten. Er spürte, daß er rot wurde.

»Jetzt stotterst du«, Eva lächelte, »du stotterst wie ein kleiner Junge.«

»Wir benehmen uns einfach kindisch«, sagte Hannes, »kindisch und verrückt.«

Er streichelte ihre Hand. »Aber es tut gut, mit dir kindisch und verrückt zu sein. Sehr gut sogar.«

Sie entzog ihm langsam die Hand. »Ich muß an die Bar«, sagte sie mit einem Blick auf das junge Paar, das gerade auf den Hockern Platz nahm.

»Ich warte auf dich.«

Und jetzt war es Eva, die rot wurde.

Peter blieb mitten auf der Landstraße stehen. »Ich will nicht mehr weiter«, stieß er hervor. »Jetzt nicht mehr.«

»Sei doch brav«, bat Anne. »Sieh mal, es wird schon hell. Jetzt kann es doch nicht mehr weit sein.«

»Das ist mir egal.«

»Peter, bitte.«

»Nein, ich will nicht mehr«, sagte der Junge. Er stampfte mit dem Fuß auf.

»Wir können doch nicht einfach hier stehenbleiben und gar nichts tun.«

»Warum denn nicht? Wir können uns ja da unter den Baum setzen.«

»Peter, du warst doch gern bei Tante Fischer.«

»Bei wem?« fragte er.

»Bei der schwarzen Tante mit dem Waschbär.«

»Ach die«, sagte er ohne Interesse.

»Ich bring' dich wieder dahin. Du sollst mal sehen, wie lieb die zu dir ist.«

»Und du, was machst du?«

»Ich – ich...«

»Siehst du, das weißt du gar nicht!« Er zog Anne mit zu dem Baum am Straßenrand, der seine kahlen Äste gegen den langsam hell werdenden Himmel streckte. Dahinter wallten graue Nebel über den Äckern.

Seufzend ließ Peter sich zu Boden gleiten, lehnte sich gegen den Stamm.

»Guck mal«, sagte er müde. »Wir laufen immer weiter, und immer zu anderen Leuten, und wir kommen nie irgendwohin, wo wir richtig in die Heimat sind. Warum ist das so? Warum müssen wir immer gehen?«

»Das ist so, weil wir Waisen sind«, sagte Anne. »Aber der Onkel Hannes nimmt uns ganz richtig zu sich, wenn er eine Wohnung hat, und dann haben wir auch eine Heimat.«

»Ich glaube es nicht«, murmelte Peter, »ich glaube es gar nicht mehr...«, und dann war er plötzlich eingeschlafen.

Anne deckte ihn mit ihrer Jacke zu und schlang die Arme um ihn. Er war noch so klein, so schutzbedürftig. Er war ihr kleiner Bruder, und sie wollte, daß er endlich wieder so richtig fröhlich wurde, wie er es in Bilau gewesen war.

Sie schlief auch ein, und in ihrem Traum waren sie wieder in Bilau.

Der Papi war noch da, und sogar die Mami. Im Garten blühten Blumen. Große blaue und rote Sterne. Aber als sie danach greifen wollte, verschwanden sie. Immer mehr Blumen waren da, immer mehr rote und blaue Blumen, aber jedesmal, wenn sie danach griff, lösten sie sich unter ihren Fingern auf. Sie lief weiter und weiter. War plötzlich allein. Der Vater und die Mutter waren nicht mehr da. Und dann auch nicht mehr die Blumen. Da war nur noch Peter, seine kleine Gestalt gegen den hellen, grauen Himmel. Aber er lief so schnell, daß sie ihn nicht einholen konnte. »Peter«, rief sie, »Peter!« Und von ihrem eigenen Rufen wachte sie auf.

Ein Gesicht war über ihr mit einer grünen Schirmmütze, irgendwoher kam das brummende Geräusch eines Motors.

»Was um Himmels willen macht ihr denn hier?« fragte das Gesicht unter der grünen Schirmmütze.

Aber Anne war viel zu müde, um zu antworten. Sie schloß wieder die Augen.

Dr. Theissen ging mit großen, nervösen Schritten in seinem Büro auf und ab.

»Tante Ingrid« stand am Tisch.

»Das konnte ich doch nicht ahnen«, sagte sie zum hundertsten Mal. »Ich konnte doch wirklich nicht ahnen, daß die Kinder ausreißen würden!«

Theissen hieb mit der Faust auf den Tisch. »Was heißt hier ahnen!« brüllte er. »Wofür habe ich Sie denn angestellt? Damit Sie auf die Kinder aufpassen – auf jedes einzelne!«

»Das kann ich nicht«, sagte Ingrid ruhig. »Ich kann nicht allein auf sechzig Kinder aufpassen. Wenn Sie sich entschließen könnten, noch eine Kraft einzustellen, wäre das für alle besser.«

»Wie wagen Sie denn mit mir zu reden! Und was stehen Sie überhaupt noch hier herum? Tun Sie etwas. Suchen Sie die Kinder!« Er machte eine scheuchende Bewegung mit beiden Händen zur Tür.

Ingrid war blaß geworden. Aber ihre Stimme war immer noch ruhig, als sie sagte: »Es paßt mir schon lange nicht mehr bei Ihnen. Ich bin nur wegen der armen Kinder geblieben, weil sie mir leid taten, und weil ich wußte, daß Sie so bald niemand anderen finden würden. Aber jetzt gehe ich. Und nicht nur das!«

Theissen wollte sie unterbrechen, aber Ingrid hob ihre Hand. »Lassen Sie mich ausreden. Ja, ich gehe. Und ich werde das Jugendamt davon unterrichten, was hier für Zustände herrschen! Ich werde den Behörden sagen, daß Sie nicht fähig sind, ein Kinderheim zu führen!«

»Sie wagen es, mir das ins Gesicht zu sagen?« brüllte Theissen. »Hinaus! Machen Sie, daß Sie hinauskommen. Ich will Sie in diesem Hause nicht mehr sehen!«

»Mich werden Sie hier auch nicht mehr sehen«, sagte Ingrid, »dafür aber das Jugendamt.«

Sie ging ruhig hinaus, aber ihre Knie zitterten.

Theissen nahm seinen Marsch durch das Zimmer wieder auf, unruhig, nervös, außer sich vor Zorn darüber, wie die Kinder ihm seine Güte dankten. Sogar den Hund Barko hatte er ihnen erlaubt mitzubringen – und jetzt das! Erst verdächtigten sie den Otto, daß er einen Diebstahl plane, und dann schlichen sie sich bei Nacht und Nebel aus dem Haus. Es war einfach unglaublich! Wie sollte er Merten das erklären? Wie stand er denn da, er, Dr. Robert Theissen, der sein ganzes Leben für elternlose oder vernachlässigte Kinder geopfert hatte!

Das Telefon läutete. Die Polizeistation von Obermorrath meldete sich.

»Sie haben die Kinder gefunden?« wiederholte Theissen. »Ja – ja, ich wollte ja schon Anzeige erstatten, ich habe es eben erst bemerkt! – Nein – ja –, aber erlauben Sie mal, Herr Wachtmeister! Ich kann schließlich nicht ständig hinter den Kindern her sein! – Wo, sagen Sie, sind sie jetzt? Im Krankenhaus?«

»Ja«, sagte der Beamte. »Beide Kinder waren total erschöpft und durchfroren. Sie fieberten, als wir sie ins Krankenhaus brachten. Man muß die Angehörigen benachrichtigen.«

»Das werde ich selbstverständlich sofort tun«, erwiderte Theissen.

Er legte auf, erleichtert, noch eine Chance zu haben, wenigstens Merten und Hannes Maurer gegenüber den Vorfall als einen Kinderstreich darzustellen.

Ingrids Drohung mit dem Jugendamt machte ihm schon keine Sorgen mehr. So schnell schloß man ein Heim nicht – in einer Zeit, wo es so viele vernachlässigte Kinder gab.

Hannes erhielt Theissens Anruf, als er gerade zur Mittagspause gehen wollte. »Ich komme sofort«, sagte er.

Er lief hinüber zu der nahen Wirtschaft, wo Eva auf ihn wartete. Sie saß an einem Fenster und winkte ihm zu.

»Du hast es aber eilig«, sie lächelte – und gleich darauf erschreckt: »Was ist passiert?«

»Die Kinder sind im Krankenhaus.«

»Nein.«

»Doch. Ich muß sofort hin.«

»Ich komme mit.« Eva stand auf, legte Geld für ihren Kaffee auf den Tisch.

Sie fuhren mit der Straßenbahn bis zum Dom. Hannes erzählte das wenige, was er von Theissen erfahren hatte. Sie warteten ungeduldig auf die Abfahrt des Busses.

»Wir hätten Merten benachrichtigen sollen«, sagte Eva. »Er hat schließlich die Kinder in das Heim gebracht.«

»Nein«, erwiderte Hannes. »Das ist jetzt ausschließlich meine Sache.«

Der Bus bog in die Autobahnauffahrt, mußte halten. Eine Verkehrsstockung. Eine lange Schlange von Fahrzeugen. Der Fahrer des Busses fluchte.

»Das kann ja heiter werden«, sagte Hannes.

Der Fahrer wandte sich zu ihm um: »Da ist dat verdammte Fußballspiel im Fernsehen! Da fahre die all nach Haus. Aber unsereins, nee, mir müsse immer auf'm Poste sein!«

»Ja, schon gut«, sagte Hannes.

Eva sah, wie angespannt sein Gesicht war.

»Bitte, reg dich nicht auf.« Sie legte ihre Hand auf seinen Arm.

»Ach Eva.« Er suchte in seinen Jackentaschen nach den Zigaretten, fand sie nicht. Eva hielt ihm ein Päckchen hin.

»Danke«, sagte er, rauchte, starrte vor sich hin.

Der Bus ruckte an. Es ging weiter. Im Schrittempo.

»Weißt du, daß ich nah daran war, die Kinder zu vergessen?« sagte Hannes so leise, als spreche er zu sich selbst. »Ich hatte sogar aufgehört, nach einer Wohnung zu suchen. Ich glaubte sie trotz allem in dem Heim gut aufgehoben. Dabei hätte ich wissen müssen, daß sie sich dort nie einleben würden. Es war alles zu fremd, sie fühlten sich verlassen.«

»Ist es meine Schuld, daß du die Kinder vergessen hast?« fragte Eva. »Ist es – weil wir – weil wir zusammen sind?«

»Nein«, er schüttelte abwehrend den Kopf. »Du kannst nichts dafür. – Siehst du«, er drückte die Zigarette im Aschenbecher vor ihm an der Sitzlehne aus. »Ich bin hierhergekommen, ohne etwas zu haben, ohne zu wissen, was ich anfangen würde. Und dann habe ich gleich die Stellung bekommen. Ich verdiene gut, mehr als ich jemals geträumt habe. Und um mich herum erzählen die Kollegen von dem Wagen, von der Waschmaschine und dem Fernsehapparat, dem Urlaub im Süden und der Campingreise nach Schweden, dem schicken Anzug bei C. & A. – und darüber habe ich die Kinder fast vergessen. Ich habe auch schon von dem Auto geträumt und von der Urlaubsreise und von dem Fernsehgerät. Als ich am letzten Sonntag bei den Kindern war, da hab' ich ihre verstörten und verschüchterten Gesichter gesehen. Mein Gott, ich hab' gespürt, wie sie sich gegen mich verschlossen haben! Und trotzdem hab' ich sie nicht mitgenommen. Ich hab' nur an die Belastung gedacht, die es für mich wäre!«

Der Bus schaukelte jetzt über die Landstraße. Zu beiden Seiten dehnten sich braune Äcker. Dazwischen leuchteten weiß und neu Bungalows, Eigenheime, große Villen. Arbeiter turnten auf Baugerüsten herum. Die Arbeit lief auf Hochtouren, obwohl es fast noch winterlich war.

»Das ist es«, sagte Hannes, »man kommt hierher und gerät sofort in den Strudel des Konsums, man kann sich gar nicht dagegen wehren. Man will nur noch seine eigenen Wünsche erfüllt haben, nichts weiter.«

»Du machst es dir zu schwer«, sagte Eva, »es ist alles zu neu für dich. Du wirst dich daran gewöhnen, bald schon. Und du wirst diesen Wettlauf nach immer höherem Lebensstandard nicht mitmachen.«

Hannes zuckte die Schultern. »Ich weiß es nicht. Ich hoffe es, aber...«

»Die Kinder werden dir helfen –«, Eva zögerte, dann sagte sie einfach, »und ich auch.«

Noch eine halbe Stunde Fahrt, noch eine Viertelstunde, dann waren sie im Bergischen, in Obermorrath.

Sie stiegen aus, fragten sich nach dem Hospital durch. Es war ein alter Bau. Er sah aus, als sei er einmal ein Kloster gewesen.

Eine Schwester in Ordenstracht führte sie durch lange düsterhohe Gänge in die Abteilung für Kinder, öffnete ihnen eine Tür, breit und hoch wie ein Portal.

Aus sieben weißen Betten reckten sich ihnen Kindergesichter entgegen. In dem achten Bett unter dem Fenster waren nur der dunkle Haarschopf und die Umrisse einer kleinen Gestalt unter der Bettdecke zu sehen.

Eva blieb zurück. »Ich warte draußen«, sagte sie. Die Schwester betrachtete sie mißtrauisch. Aber Hannes nickte ihr zu.

Er trat in das Zimmer. Die Schwester schloß die Tür, raschelte mit ihren weiten schwarzen Röcken davon.

Eva ging hinüber zu dem Gangfenster, sie stützte sich mit beiden Händen auf das Fensterbrett.

Hoffentlich ist es richtig, was ich tue, dachte sie. Es ist das erstemal, daß ich mein Leben aus der Hand geben will – an einen Mann, an Hannes, so daß er damit tun kann, was er will.

Im Hause Merten herrschte an diesem Tag aufgeregte Geschäftigkeit. Kurz entschlossen hatte Bert am Vorabend entschieden: »Wir machen vier Wochen Urlaub. Wir fahren morgen nach Spanien. Mit dem Wagen.«

Marlis und Ralf waren ihm glückstrahlend um den Hals gefallen.

»Und wir brauchen nicht in die Schule?«

»Alles geregelt, Sondererlaubnis!«

»Prima, Mensch, ist das prima, Paps!« hatte Ralf immer wieder gerufen.

Marlene hatte in ihrem Sessel vor dem Kamin gesessen. Bert wußte nicht, ob es der Feuerschein gewesen war, der ihre Augen so glänzen ließ, als sie sagte: »Lieber, ist das wirklich wahr?«

»Es ist das erstemal seit fünf Jahren«, hatte sie geflüstert, »seit fünf langen Jahren.«

»Papi, hast du auch mein Taucherzeugs nicht vergessen?« rief Ralf jetzt und kam zum Wagen herübergestampft. Er schleppte einen Sack hinter sich her.

Bert, der gerade einen Koffer von Marlis verstaute, richtete sich auf.

»Was hast du denn da?« fragte er.

»Mein Zelt natürlich!«

»Aber Junge, wir schlafen doch im Hotel. Zum Zelten ist es noch zu kalt.«

»Pah«, machte Ralf, »in Spanien doch nicht! Und überhaupt, wenn wir mal kein Hotelzimmer kriegen, dann bist du froh, wenn wir im Zelt schlafen können.«

Bert lächelte. »Na ja, wenn du meinst. Dann gib mal her.«

Er verpackte auch noch den Sack im Kofferraum.

Ralf stand neben ihm, sah ihm sachverständig zu. »Mensch, so viele Koffer, da sind bestimmt Kleider von der Marlis drin!«

»Junge, das verstehst du noch nicht, ein Mädchen braucht eben viele Sachen.«

»Papi, ich habe in Köln bei Schlegemaier so einen süßen

Bikini gesehen, können wir den nicht noch kaufen?« fragte Marlis und trat neben sie.

Bert klopfte ihr die Wange. »Warte nur mal ab, unterwegs werden wir noch so viele süße Sachen sehen, die du kaufen willst, und da ist auch bestimmt ein Bikini dabei.«

»Mensch, Bikini«, sagte Ralf, »warum ziehst du dann überhaupt was an?«

»Och du«, sagte Marlis schnippisch, »was geht dich das an?«

»Ich bin doch dein Bruder«, begehrte Ralf auf, »und – und da geht es mich schon was an.«

Bert schmunzelte in sich hinein. Selbst der siebenjährige Ralf wußte schon, was ein Bikini war. – Zu meiner Zeit, dachte er, gab's so was noch nicht, und wer hätte sich auch als Siebenjähriger damals dafür interessiert – nun ja, andere Zeiten, andere Kinder. Er schloß den Kofferraum ab.

»So – fertig. Marlis, guck doch mal, wo Mami bleibt.«

»Ja, gut.«

Sie war schon ein paar Schritte entfernt, als Ralf plötzlich sagte: »Wenn wir aber doch so lange wegfahren, können wir nicht vorher noch Anne und Peter besuchen?«

Marlis blieb stehen. Sie wandte sich langsam zu ihnen um. Bert sah, daß ihr Gesicht schneeweiß war.

Er wandte den Blick ab. »Dazu haben wir keine Zeit, Ralf«, sagte er schnell und laut. »Aber wir werden ihnen eine Karte schreiben.«

»Und ich darf ihnen auch was mitbringen, ja?«

»Ja«, versprach Bert, »das darfst du.« Erleichtert sah er, wie Marlis jetzt rasch ins Haus lief.

Er sah die Gesichter von Anne und Peter vor sich, großäugig, vertrauensvoll und doch scheu, weil sie nicht zu glauben wagten, daß man es gut mit ihnen meinte. Sie haben sogar recht damit gehabt, dachte er. Was habe ich schon für sie getan – sie sind in einem Heim gelandet – und gerade davor hatten sie Angst.

»Was machst du für ein Gesicht, Paps?« fragte Ralf und sah ihn prüfend an.

»Ach, nichts«, erwiderte Bert und schob ein für allemal den Gedanken an Peter und Anne von sich.

Er mußte sie vergessen. Letzten Endes waren es eben doch wildfremde Kinder.

Hannes ging zu Annes Bett unter dem Fenster. Die Augen der sieben anderen kleinen Mädchen folgten ihm aufmerksam. Er zog sich einen Stuhl heran, setzte sich.

»Anuschka?«

Sie wandte langsam den Kopf. Sie öffnete die Augen.

»Hannes?« flüsterte sie ungläubig. Ihre Hand tastete über die Bettdecke nach seiner Hand. Ihre Finger waren heiß. »Guten Tag Hannes.«

»Wie geht es dir?« fragte er, und seine Stimme klang rauh.

»Mir geht es gut«, antwortete sie, »jetzt geht es mir sehr gut.«

»Du mußt schnell gesund werden.«

»Nimmst du mich dann mit zu dir?« fragte sie hoffnungsvoll. »Ich kann auch kochen und waschen und putzen für dich. Strümpfestopfen kann ich auch. Die Oma hat immer gesagt, ich mach' das schon sehr schön.«

»Ja«, sagte Hannes. »Das alles darfst du tun. Wir nehmen dich ganz bestimmt zu uns. Dich und Peter, und wir lassen euch nie mehr fort.«

»Wir?« fragte Anne verwundert. »Du hast ja *wir* gesagt?«

Hannes spürte, daß er rot wurde. Ich verspreche hier etwas, was noch gar nicht entschieden ist, dachte er. Aber plötzlich wußte er, sobald er es aussprach, würde es sich erfüllen. Und so sagte er: »Tante Eva und ich – wir heiraten. Dann kommt ihr zu uns, und wir sind eine richtige Familie.«

»Tante Eva und du heiratet?« fragte Anne. »Ist das ganz bestimmt, ganz bestimmt wahr?«

»Ja«, Hannes räusperte sich, »es ist wirklich wahr.«

Anne schloß die Augen. Er streichelte ihre Hand. »Jetzt ist alles gut«, versprach er, »ihr seid jetzt wirklich in der Heimat, glaub es mir.«

Er sah, wie Tränen unter ihren geschlossenen Lidern hervordrangen, über ihre mageren Wangen liefen.

»Wein nicht«, sagte er, »es ist ja alles gut.«

Hinter ihm öffnete sich die Tür. Peter trat ein, zog Eva hinter sich her.

»Guten Tag«, sagte er laut.

Die sieben Mädchen antworteten mit ihren hellen Stimmen. Anne richtete sich in ihrem Bett auf. »Peter, du bist auf?«

»Na klar«, sagte er. Er stampfte mit seinen kräftigen Jungenschritten zu ihrem Bett. »Du mußt jetzt ganz schnell gesund werden. Der Onkel Hannes und die Tante Eva nehmen uns mit.«

Er zupfte an Annes Bettdecke. »Warum hast du denn schon wieder geheult? Du bist ’ne richtige Heulsuse. Jetzt ist doch alles prima, nicht?«

Er blickte fragend zu Hannes auf. »Oder stimmt das alles nicht, was die Tante Eva gesagt hat?«

»Was hat sie denn gesagt?« fragte Hannes.

»Na, daß sie die Bar gar nicht mehr haben will und daß sie dann auch nicht immer am Tag schlafen muß. Wir wohnen alle in ihr Haus, sind eine richtige Familie!«

Hannes blickte Eva an. Ihre Augen waren von einem hellen, rauchigen Grau. Es ist dir doch recht? schienen sie zu fragen. Das ist es doch, was du hören wolltest, sagten sie.

»Aber – wenn die Behörden sagen, wir müssen wieder in ein Heim, was tust du dann?« fragte Anne, noch einmal ängstlich, noch einmal unsicher.

»Wir bringen das alles in Ordnung.« Eva beugte sich über sie. »Mach dir keine Sorgen mehr, Anuschka.«

»Nehmt ihr Peter jetzt schon mit?« fragte Anne.

»Na klar«, sagte Peter großspurig, »ich bin doch wieder gesund.«

»Und – und holt ihr Barko auch aus dem Heim? Wir dürfen ihn doch nicht da lassen. Die anderen Kinder haben ihn immer nur gezankt.«

»Ja«, versprach Eva, »wir holen auch Barko.«

»Ich freue mich«, flüsterte Anne. »Ich freue mich so sehr, daß wir endlich in der Heimat sind.«

»Es hat auch lange gedauert«, verkündete Peter – »und jetzt hab' ich Hunger. Onkel Hannes, kaufst du mir ein Stück Kuchen? Unten ist ein Geschäft.«

»Wie wäre es, wenn du anfingst, Vater zu mir zu sagen, hm?« Hannes knuffte Peter in die Seite.

»Nee«, der kleine Junge strahlte ihn an, »höchstens mal Vati!«